पेंगुइन स्वदेश

रोमियो जूलियट

विलियम शेक्सपियर अंग्रेजी के कवि, नाटककार तथा अभिनेता थे। उनके नाटकों का लगभग सभी प्रमुख भाषाओं में अनुवाद हुआ है।

शेक्सपियर में अत्यंत उच्च कोटि की सर्जनात्मक प्रतिभा थी और साथ ही उन्हें कला के नियमों का सहज ज्ञान भी था। प्रकृति से उन्हें मानो वरदान मिला था अत: उन्होंने जो कुछ छू दिया वह सोना हो गया। उनकी रचनाएँ न केवल अंग्रेज जाति के लिए गौरव की वस्तु हैं वरन् सारी मानव जाति की भी अमर विभूति हैं। शेक्सपियर की कल्पना जितनी प्रखर थी उतना ही गंभीर उनके जीवन का अनुभव भी था। अत: जहाँ एक ओर उनके नाटकों तथा उनकी कविताओं से आनंद की उपलब्धि होती है वहीं दूसरी ओर उनकी रचनाओं से हमको गंभीर जीवन-दर्शन भी प्राप्त होता है। विश्व-साहित्य के इतिहास में शेक्सपियर के समकक्ष रखे जानेवाले विरले ही कवि मिलते हैं।

रोमियो जूलियट

शेक्सपियर

अनुवादक

रांगेय राघव

पेंगुइन स्वदेश
पेंगुइन रैंडम हाउस इम्प्रिंट

पेंगुइन स्वदेश

यूएसए। कनाडा। यूके। आयरलैंड। ऑस्ट्रेलिया। सिंगापुर
न्यू ज़ीलैंड। भारत। दक्षिण अफ्रीका। चीन

पेंगुइन स्वदेश, पेंगुइन रैंडम हाउस ग्रुप ऑफ़ कम्पनीज़ का हिस्सा है,
जिसका पता global.penguinrandomhouse.com पर मिलेगा

पेंगुइन रैंडम हाउस इंडिया प्रा. लि.,
चौथी मंजिल, कैपिटल टावर-1, एम जी रोड,
गुड़गांव 122 002, हरियाणा, भारत

पेंगुइन
रैंडम हाउस
इंडिया

प्रथम संस्करण हिन्द पॉकेट बुक्स द्वारा 1965 में प्रकाशित
यह संस्करण पेंगुइन स्वदेश में पेंगुइन रैंडम हाउस द्वारा 2023 में प्रकाशित

10 9 8 7 6 5 4 3 2

ISBN 9789353497033

मुद्रक : रेप्रो इंडिया लिमिटेड

यह पुस्तक रीसाइकल्ड कागज़ पर मुद्रित हुई है

www.penguin.co.in

MIX
Paper from
responsible sources
FSC
www.fsc.org
FSC® C047271

This is a legitimate digitally printed version of the book and therefore might not
have certain extra finishing on the cover.

शेक्सपियर

विश्व-साहित्य के गौरव, अंग्रेजी भाषा के अद्वितीय नाटककार शेक्सपियर का जन्म 26 अप्रैल, 1564 ई० में स्ट्रैटफोर्ड-आन्-ऐवोन नामक स्थान में हुआ। उसकी बाल्यावस्था के विषय में बहुत कम ज्ञात है। उसका पिता एक किसान का पुत्र था, जिसने अपने पुत्र की शिक्षा का अच्छा प्रबन्ध भी नहीं किया। 1582 ई० में शेक्सपियर का विवाह अपने से आठ वर्ष बड़ी ऐनहैथवे से हुआ और सम्भवतः उसका पारिवारिक जीवन सन्तोषजनक नहीं था। महारानी ऐलिज़ाबेथ के शासनकाल में 1587 ई० में शेक्सपियर लन्दन जाकर नाटक-कम्पनियों में काम करने लगा। हमारे जायसी, सूर और तुलसी का प्रायः समकालीन यह कवि यहीं आकर यशस्वी हुआ और उसने अनेक नाटक लिखे, जिनसे उसने धन और यश दोनों कमाए। 1612 ई० में उसने लिखना छोड़ दिया और अपने जन्मस्थान को लौट गया और शेष जीवन उसने समृद्धि तथा सम्मान से बिताया। 1612 ई० में उसका स्वर्गवास हुआ।

इस महान नाटककार ने जीवन के इतने पहलुओं को इतनी गहराई से चित्रित किया है कि वह विश्व-साहित्य में अपना सानी सहज ही नहीं पाता। मारलो तथा बेन जानसन जैसे उसके समकालीन कवि उसका उपहास करते रहे, किन्तु वे तो लुप्तप्राय हो गए, और यह कविकुल-दिवाकर आज भी देदीप्यमान है।

शेक्सपियर ने लगभग 36 नाटक लिखे हैं, कविताएं अलग। उसके कुछ प्रसिद्ध नाटक हैं—जूलियस सीजर, ऑथेलो, मैकबेथ, हैमलेट, सम्राट लियर, रोमियो जूलियट (दुःखान्त); एक सपना (ए

मिड समर नाइट्'स ड्रीम), वेनिस का सौदागर, बारहवीं रात, तिल का ताड़ (मच एडू अबाउट नथिंग), जैसा तुम चाहो (एज यू लाइक इट), तूफान (सुखान्त)। इनके अतिरिक्त ऐतिहासिक नाटक हैं तथा प्रहसन भी हैं। प्रायः उसके सभी नाटक प्रसिद्ध हैं।

शेक्सपियर ने मानव-जीवन की शाश्वत भावनाओं को बड़े ही कुशल कलाकार की भांति चित्रित किया है। उसके पात्र आज भी जीवित दिखाई देते हैं। जिस भाषा में शेक्सपियर के नाटकों का अनुवाद नहीं है, वह उन्नत भाषाओं में कभी नहीं गिनी जा सकती।

भूमिका

'रोमियो जूलियट' शेक्सपियर का एक प्रारम्भिक काल में लिखा हुआ दुःखांत नाटक है। इसकी कथावस्तु भी उसके अनेक नाटकों की भांति इटली से ली गई है, जिसमें दो पुराने इज़्ज़तदार 'घरानों की आपसी आन की लड़ाई दिखाई गई है। मध्यकालीन वातावरण में ऐसे झगड़े भारत में भी ठाकुर लोगों के संबंध में मिलते हैं।

शेक्सपियर ने इस नाटक में यूनानी नाटक की प्रस्तावना-शैली का सहारा लिया है, ताकि कथा की शृंखला को वह जोड़ सके।

नाटक के दृष्टिकोण से इसे बहुत उच्चकोटि का नहीं माना जाता, क्योंकि दुःखांत नाटक के पात्रों के चित्रण में उसने जो अंतर्व्यथा और उसका अंतर्द्वन्द्व अपने हैमलेट, मैकबेथ और सम्राट लियर नामक नाटकों में दिखाया है, वैसा वह यहां नहीं दिखा सका है। यद्यपि घरानों की लड़ाई के कवि स्वयं विरुद्ध है और स्वतंत्र प्रेम का पक्षपाती है, किंतु अवरोधों और घातों के विरुद्ध वह उतनी गहरी छटपटाहट पैदा नहीं कर सका है, जितनी कि इसे संसार के अतिश्रेष्ठ नाटकों में लाकर खड़ा कर देती। इस दृष्टि से जहां तक प्रेम की संवेदना का प्रश्न है, जो तल्लीन आत्मानुभूति और आसक्ति 'जैसा तुम चाहो' में झंकार उठी है, उसका 'रोमियो जूलियट' में अभाव ही मिलेगा।

किंतु फिर भी इस नाटक में एक गुण है। वह है इसकी मांसल ऊहा। वह जितनी मुखर यहां हुई है, अपनी वासना की प्रखरता,

अपनी सांकेतिकता में अन्यत्र शेक्सपियर ने स्यात् ही चित्रित की हो।

मैं इस नाटक को सफल मानता हूं क्योंकि शेक्सपियर ने पात्रों की जो उठान पाठक या दर्शक के सामने प्रस्तुत की है, वह उसने अंत तक उसी रूप में निबाह दी है। संसार के विविध व्यक्तियों के चित्रण के लिए विविध प्रकारांतरों की जो आवश्यकतापूर्ण समझ है, वह उसमें विद्यमान थी, जो नहीं होने से रचनाओं में एकरसता व्याप्त हो जाती है।

हास्य की दृष्टि से इसमें कोई बड़ी सफलता नहीं है। परंतु रोमियो और जूलियट दो पात्रों की दर्द भरी कहानी स्वयं ही इतनी करुणा को जन्म देती है कि उससे प्रभाव पड़ता है।

मैं दुःखांत नाटक दो प्रकार के मानता हूं—एक वह, जिसमें दुःख बाहर से भीतर जाता है, दूसरा वह, जिसमें दुःख भीतर से बाहर आता है।

पहले वर्ग में 'रोमियो जूलियट' है और दूसरे में 'सम्राट लियर'। भारतीय परंपरा में वेदना का रूप तो प्राप्त होता है, परंतु उसका अंत सदैव लोक-मंगल के दृष्टिकोण से सुखमय कर दिया जाता है, जबकि यूनानी नाटक के उत्तराधिकारी यूरोपीय नाटक में दुःख का ही प्रकटीकरण किया गया है। कार्य का एक श्रम होता है। वह श्रम शेक्सपियर के बाह्य से अभ्यंतर जाती क्रियावाले नाटक में घटना पर केन्द्रित हो जाता है, जो परिणाम बनकर दिखाई देता है। किंतु अभ्यंतर से बाह्य जाती क्रियावाले नाटक में श्रम घटना पर केन्द्रित नहीं होता, घटना उस श्रम का परिणाम बन जाती है। प्रस्तुत नाटक पहले वर्ग में ही आता है।

नाटक की कथा सरल है और इसमें दुरूहता नहीं है, न कई कथाएं एकसाथ चलकर एक-दूसरे में गुंथती हैं, जो शेक्सपियर में अन्यत्र बहुधा पाया जाता है। इसके लिए जिस कौशल की आवश्यकता

है, वह यहां नहीं दिखाई देता।

चरित्र-चित्रण में रोमियो पहले एक चपल युवक है जो बाद में दृढ़ हो जाता है। अवश्य ही उसकी चपलता अखर जाती है। नाटक यह स्पष्ट करता है कि प्रेम का प्रारंभ वासना और रूप की जलन है, जो बाद में दिल में अटक जाने पर कुछ का कुछ रूप धारण कर लेता है। शेष चरित्रों में कोई विशेषता नहीं है, यद्यपि चित्रण प्रत्येक का अपनी जगह अनुरूप हुआ है। और भी, क्योंकि शेक्सपियर के दर्शकों में प्रशिक्षित वर्ग भी थे, वह पैसे की आमदनी के लिए नीचे स्तर पर भी उतरता था और वह हमें इस नाटक में भी मिलता है कि उसके द्विअर्थक शब्द केवल अधम काव्य के उदाहरण हैं जिनका अनुवाद नहीं हो सकता। परंतु मूल नाटक में शेक्सपियर बुरा नहीं लगता, क्योंकि वह ऐसे पात्रों में उसको प्रस्तुत करता है कि वह पात्र-विशेष की विशेषता ही बन जाता है। इसमें उसका सांकेतिक व्यंग्य झलक आता है, जो व्यक्ति से हटकर वर्ग तक पर अपनी झाईं डालता है।

शेक्सपियर के नाटकों का अनुवाद अत्यंत कठिन कार्य है। यदि मुझे थोड़ी भी सफलता मिलती है (यद्यपि यह मेरा बौने का यत्न ही कहा जा सकता है), तो मैं अपने को कृतकृत्य समझूंगा। आशा है, उपहासास्पद होने पर भी शालीनतावश विद्वज्जन मेरा साहस ही बढ़ाएंगे।

—रांगेय राघव

पात्र-परिचय

एसकैलस	: वेरोना का शासक
पैरिस	: एक तरुण अभिजात, शासक का संबंधी
मौण्टैग्यू **कैप्यूलैट**	: दो शत्रु कुटुँबों के गृहपति
कैप्यूलैट कुटुंब का एक वृद्ध	
रोमियो	: मौण्टैग्यू का पुत्र
मर्क्यूशियो	: शासक का संबंधी, रोमियो का मित्र
बैन्वोलिया	: मौण्टैग्यू का भतीजा, रोमियो का मित्र
टाइबॉल्ट	: श्रीमती कैप्यूलैट का भतीजा
फ्रायर लॉरेन्स	: एक फ्रांसिसकन
फ्रायर जॉन	: उसी संप्रदाय का अन्य व्यक्ति
बालथैसर	: रोमियो का नौकर
सम्पसन **ग्रिगरी**	: कैप्यूलैट के नौकर
पीटर	: जूलियट की धाय का नौकर
अब्राहम	: मौण्टैग्यू का नौकर
दवाईवाला	
तीन गायक	
पैरिस का सेवक; अन्य सेवक; एक अफसर	
श्रीमती मौण्टैग्यू	: मौण्टैग्यू की पत्नी
श्रीमती कैप्यूलैट	: कैप्यूलैट की पत्नी
जूलियट	: कैप्यूलैट की पुत्री
जूलियट की धाय	
वेरोना के नागरिक	
दोनों घरानों के संबंधी, मास्कधारी, रक्षक, चौकीदार, सेवक इत्यादि	
कोरस	

प्रोलॉग*

[कोरस का प्रवेश]

कोरस : दो घराने, एक-सा सम्मान था जिनका उजागर
वेरोना की सुघर नगरी में बसे थे,
उसी नगरी में हमारी कथा का है दृश्य,
था पुराना वैर उनमें, जोकि फिर भड़का नया बन,
रक्त बहकर आपसी था हाथ आपस के भिगोता
इन्हीं दोनों रक्तप्यासे शत्रुओं के लिया आकर जन्म
अति अभागे मधुर मन के उन सुघर दो
प्रेमियों ने
करुणा जिनकी मृत्यु ने उनके कठोर हृदय भयानक भी
झुकाए,
पिताओं की शत्रुता का कर दिया था अन्त।
मृत्यु मुद्रित प्रेम उनका चला दुर्गम मार्ग पर से
पिताओं का क्रोध भीषण बन धधकता रहा अहरह,
जोकि केवल मृत्यु उनकी, उस सुघर संतान की ही,
अंत में थी रोक पाई,
यही दो घंटे हमारे मंच का है खेल।
यदि सुनेंगे आप धीरज धर इसे तो—
हम कमी अपनी करेंगे दूर, करके
फिर परिश्रम।

---

* जैसे भारतीय नाटकों में नांदी के उपरांत सूत्रधार आकर कथा-परिचय देता था, वैसे ही यूनानी नाटक में गायकों का एक दल आता था। प्रारम्भ में वह कथा की रूपरेखा देता था। उसे प्रोलॉग कहते थे। अन्त में एपीलॉग के रूप में वह नाटक की समाप्ति करता था। गायकों के दल को कोरस कहते थे, क्योंकि प्रायः वह ऐक दल हुआ करता था।

पहला अंक

दृश्य 1

[वेरोना—एक सार्वजनिक स्थान। सैम्पसन और ग्रिगरी का प्रवेश—वे कैप्यूलैट घराने के हैं। हाथों में खड्ग और ढाल।]

सैम्पसन : कसम से ग्रिगरी। हम अपमान उठाने की मुसीबत नहीं ढोएंगे।

ग्रिगरी : अजी कभी नहीं, वर्ना हम आफत ढोनेवाले बन जाएंगे।

सैम्पसन : और जो कोध आ गया तो हम तलवार खींच लेंगे, क्योंकि बोझा गुस्सा लाता है।

ग्रिगरी : कसम से, जियो! कुलांच मार गर्दन फांसी के फंदे से बाहर निकालो! बंधन तोड़ो! सिर उठायो!

सैम्पसन : कोई छेड़े तो तड़ाक चोट करो, मैं यही जानता हूं।

ग्रिगरी : मगर तुम्हें सपाट चोट करने का जोश ही कहां आता है।

सैम्पसन : मौण्टैग्यू घराने का तो कुत्ता भी मुझे भड़का देता है।

ग्रिगरी : भड़काना यानी रफ्तार पकड़ना और बहादुरी का मतलब है डटे रहना। इसलिए अगर तुम भड़कते हो तो ज़रूर भाग जाओगे।

सैम्पसन : उस घराने का एक कुत्ता भी मुझे डटे रहने की रफ्तार देता है। किसी भी मर्द को या मौण्टैग्यू घराने की लड़की नौकरानी को गंदी दीवार पर टेक दूंगा। इतना हटाऊंगा कि कहीं जाने की जगह नहीं छोड़ूंगा।

ग्रिगरी : तब तो तू कमज़ोर गुलाम है, दीवार की तरफ तो बिलकुल गया-बीता जाता है। मैदान से भागना ही दीवार पर टिकना है।

सैम्पसन : सच कहते हो! और इसीलिए औरतें, चूंकि कमज़ोर बर्तन की तरह होती हैं, दीवार की तरफ ठेली जाती हैं, और इसीलिए मैं दीवार की पनाह से मौण्टैग्यू घराने के हर मर्द को दूर करूंगा। लेकिन उनकी औरतों को तो दीवार पर ही ले जाके टेक दूंगा।

ग्रिगरी : झगड़ा तो हमारे मालिकों और हम मर्दों का है।

सैम्पसन : सब एक ही बात है। मैं तो अत्याचारी बनके दिखाऊंगा। जब मैं उनके मर्दों से लड़ चुका हूं तो उनकी औरतों पर

भी कठोरता करूंगा। मैं उनके सिर काट दूंगा।

ग्रिगरी : औरतों के सिर?

सैम्पसन : अरे हां, हां, औरतों के सिर, क्वारी ही काटूंगा। चाहे जैसे समझ लो।

ग्रिगरी : यह तो वे जानें कि कैसे समझेंगी। सिर या क्वारापन!

सैम्पसन : अजी मुझे तो वे तब तक महसूस करेंगी, जब तक मैं डटा रहूंगा। और कौन नहीं जानता कि हुस्न में मैं ज़रा कम नहीं।

ग्रिगरी : भले-भले। तू मछली नहीं है यही क्या कम है! सस्ती मछली! तलवार खींच! यह देख, मौण्टैग्यू घराने के दो आदमी आ रहे हैं।

[अब्राहम और बॉलथैसर का प्रवेश]

सैम्पसन : मेरी नंगी तलवार बाहर है। तू लड़ाई छेड़। मैं तुझे बढ़ावा दूंगा।

ग्रिगरी : कैसे? पीछे भागकर? पीठ दिखाकर?

सैम्पसन : मेरा डर न कर।

ग्रिगरी : कसम से! तुझसे डरता हूं।

सैम्पसन : कानून अपनी तरफ लो। उन्हें पहल करने दो।

ग्रिगरी : मैं पास से गुज़रते वक्त भौं चढ़ाऊंगा। देखें वे क्या करते हैं।

सैम्पसन : अजी मजाल है! मैं उन्हें देख अंगूठा काढूंगा।[1] होगी उनकी बेइज़्ज़ती। झेल जाएंगे वे?

अब्राहम : जनाब, हमपर अंगूठा काट रहे हैं दांतों से?

सैम्पसन : जी हां जनाब! अपना अंगूठा चबा रहा हूं।

अब्राहम : जनाब! क्या हमें देख अंगूठा चबा रहे हैं?

---

1. दिखाने के समान

सैम्पसन : (ग्रिगरी से, अलग से) अगर हां कहूं तो क्या कानून हमारी तरफ रहेगा?

ग्रिगरी : नहीं।

सैम्पसन : नहीं जनाब! मैं आपको देखकर अपना अंगूठा नहीं चबा रहा हूं जनाब! लेकिन जनाब, मैं अपना अंगूठा चबाता हूं।

ग्रिगरी : आप क्या लड़ने आए हैं जनाब?

अब्राहम : लड़ने जनाब? नहीं जनाब!

सैम्पसन : और अगर आए ही हैं तो मैं फिर आपके लिए मौजद ही हूं। मैं भी ऐसे का नौकर हूं जो उससे कम नहीं जिसके आप नौकर हैं।

अब्राहम : उनसे बेहतर तो नहीं हैं।

सैम्पसन : जी हां, जनाब! क्या कहा?

[बैन्वोलियो का प्रवेश]

ग्रिगरी : (सैम्पसन से अलग से) कह दे, बेहतर हैं। हमारे मालिक के एक संबंधी आ ही रहे हैं इधर।

सैम्पसन : जी हां बेहतर हैं, जनाब!

अब्राहम : झूठ है, बकवास!

सैम्पसन : खींचो तलवार अगर मर्द हो! ग्रिगरी! अपना कमर-तोड़ वार याद रखना।

[वे लड़ते हैं।]

बैन्वोलियो : अलग हटो बेवकूफो!

[उनके हथियार गिराकर]

अपनी तलवार म्यान में रखो। तुम जानते भी हो कि क्या कर रहे हो!

[टाइबॉल्ट का प्रवेश]

टाइबॉल्ट : इन हृदयहीन नौकरों के बीच तू तलवार खींचे खड़ा है, तो बैन्वोलियो! मुड़कर अपनी मौत को पहचान!

बैन्वोलियो : मैं शांति कराने का यत्न कर रहा था। तलवार म्यान में रखो, या इन आदमियों को मेरे साथ जाने दो।

टाइबॉल्ट : शान्ति! और तलवार खींचकर! शान्ति की बात! मुझे इस शब्द से घृणा है, उतनी ही जितनी मैं नरक और सारे मौण्टेग्यू कुटुम्ब और तुझसे घृणा करता हूं। सावधान, कायर!

[वे लड़ते हैं।]

[दोनों घरानों के कई लोग आ जाते हैं और बलवा हो उठता है। कई नागरिकों और शान्ति-रक्षक अफसरों का डण्डों के साथ प्रवेश]

पहला अफसर : भाइयो! मारो इन्हें। दे डण्डे सीधा कर दो। कैप्यूलैटों का नाश हो। मौण्टैग्युओं का नाश हो।

[मुख्य कैप्यूलैट का गाउन पहने प्रवेश। साथ में श्रीमती कैप्यूलैट हैं।]

कैप्यूलैट : यह कैसा कोलाहल! लाओ, मेरी लम्बी तलवार देना! जल्दी!

श्रीमती कैप्यूलैट : बैसाखी मांगो, बैसाखी! तलवार के लिये क्यों चीखते हो?

कैप्यूलैट : मेरी तलवार! सुना नहीं। मुख्य मौण्टैग्यू आ गया है और मेरे रहते अपनी तलवार चमका रहा है।

[मुख्य मौण्टेग्यू और श्रीमती मौण्टैग्यू का प्रवेश]

मौण्टेग्यू : ओ नीच कैप्यूलैट!—मुझे मत रोको, मत रोको मुझे....

श्रीमती मौण्टैग्यू : नहीं, शत्रु से जूझने मैं तुम्हें एक पग न बढ़ाने दूंगी।

[शासक राजकुमार एसकैलस का अपने सेवकों के साथ प्रवेश]

शासक एसकैलस : विद्रोही प्रजाजन! शान्ति के शत्रुओ!

पड़ोसी के लहू से भीगी हुई तलवार उठानेवाले जघन्यो! नहीं सुनोगे तुम! अरे ठहरो! जानवर हो कि आदमी जो अपने नीच क्रोध की अग्नि को अपनी धमनियों से उमडने लाल-लाल निर्झरों से बुझा रहे हो! मैं तुम्हें भीषण यातना दूंगा, अन्यथा अपने खूनी हाथों से अपने उन विकराल शस्त्रों को धरती पर डाल दो और अपने क्रुद्ध शासक का दण्ड सुनो! तीन बार झगड़ा किया, एक मामूली शब्द के पीछे, मुख्य कैप्यूलैट और मौण्टैग्यू ने! तीन बार तुमने हमारे पथों की शान्ति को नष्ट किया और वेरोना के प्राचीन नागरिकों को अपने इन शस्त्रायुधों को उठाकर तुमने प्राचीन काल की भांति युद्ध में बांटने का यत्न किया! शान्ति को नष्ट किया कि वे तुम्हारी हृदय काटती घृणा के संगी बनें? अब यदि फिर कभी तुमने हमारे पथों की शान्ति को नष्ट किया तो शान्ति का मूल्य तुम्हारे जीवनों को चुकाना पड़ेगा। इस बार के लिये हम आज्ञा देते हैं कि बाकी सब चले जाएं। कैप्यूलैट! तुम मेरे साथ चलो। और मौण्टैग्यू! तुम दोपहर को हमारे प्राचीन स्वतंत्र नगर में आना जहां हम अपना निर्णय सुनाते हैं। वहीं तुम्हें हमारी आज्ञा का पता चलेगा। अब यदि मृत्यु का भय हो तो सब लोग तितर-बितर हो जाएं।

[सबका प्रस्थान। मौण्टैग्यू, श्रीमती मौण्टैग्यू और बैन्वोलियो रह जाते हैं।]

मौण्टैग्यू : इस पुराने कलह को नये तरीके से किसने उभाडा? बोलो मेरे भतीजे! क्या इसके प्रारंभ होने के समय तुम यहीं थे?

बैन्वोलियो : मैं तो तब पहंचा जब आपके और आपके शत्रु के नौकर आपस में खूब लड़ रहे थे। मैंने उन्हें अलग किया और उसी वक्त भन्नाता हुआ टाइबॉल्ट आ गया और तलवार खींचे लड़ने को तैयार था। उसने मुझे गाली दी और तलवार हवा में धुमाकर मुझे धमकी दी। मैंने उससे कहा तो कुछ नहीं, पर हवा में तलवार सरसराकर उसीपर

व्यंग कर उठी क्योंकि वह मुझे नहीं काट सका। हम लड़ रहे थे तब दोनों तरफ के लोग आते चले गए और लड़ने लगे। अन्त में राजकुमार आ गए और उन्होंने हमें अलग किया।

श्रीमती मौण्टैग्यू : अरे, रोमियो कहां है? क्या तुमने उसे आज देखा है? मुझे इसकी बड़ी प्रसन्नता है कि वह आज के झगड़े में नहीं था।

बैन्वोलियो : श्रीमती, भगवान सूर्य के पूर्व के स्वर्णिम वातायन से झांकने के एक घंटे पहले ही मुझे बेचैनी ने घूमने को निकलने पर विवश कर दिया। नगर के पश्चिमी भाग में जो अंजीर के बृक्षों का कुंज है, मैंने वहां तड़के ही आपके पुत्र को देखा था। मैं उसकी ओर चला, पर वह मुझसे बचना चाहता था, इसलिये जंगल में छिप गया। मैं तो उसके प्रति वह सौहार्द रखता हूं, जो ऐसा है कि दुर्लभ है, उसीसे वस्तुस्थिति को मापता उसकी ओर चला, क्योंकि मेरी तो इच्छा थी, परन्तु उसको शायद मेरी नहीं थी, वह मुझसे बचकर निकल गया।

मौण्टैग्यू : कई बार प्रातःकाल वह वहां देखा गया है। प्रभात के नीहारकणों को अपने अश्रुओं से बढ़ाता हुआ, अपने गम्भीर उच्छ्वासों से मेघों को सघन करता हुआ, किन्तु ज्योंही उत्साहप्रद सूर्य का उदय ऊषा की शय्या के छायामय पर्दों को हटाते हुए होता है, मेरा पुत्र भारी हृदय से आलोक से डरकर घर चला जाता है और कमरे में घुसकर एकांत में खिड़कियों को बन्द कर दिन के प्रकाश को बाहर छोड़कर भीतर कृत्रिम रात्रि बना लेता है; काला और भयानक होगा इस मनोवृत्ति का अंत, यदि अब भी अच्छी सलाह उसके दुःख के कारण को दूर नहीं कर देती।

बैन्वोलियो : मेरे आदरणीय पितृव्य! क्या आप कारण जानते हैं?

मौण्टैग्यू : न जानता हूं, न उससे जान सकता हूं।

बैन्वोलियो : क्या आपने किसी तरीके से उससे पूछा है?

मौण्टैग्यू : स्वयं मैंने तथा अन्य कई मित्रों ने भी पूछा है। पर वह अपना स्वयं सलाहकार ठहरा, कुछ पता नहीं चलने देता। इतनी गुप्त है यह बात! शब्द न संकेत! जैसे किसी कली को किसी कीड़े ने ईर्ष्या से काटा हो, ताकि वह अपनी मृदुल पंखुरियों को वायु पर फैला न सके! सूर्य को अपना सौन्दर्य समर्पित न कर सके! काश हमें मालूम पड़ जाता कि उसके दुःख का प्रारम्भ कहां से हुआ, तो हम उसे दूर करने के लिये कुछ भी उठा न रखेंगे।

[रोमियो का प्रवेश]

बैन्वोलियो : लीजिए! वह आ गया! आप कृपया चले जाएं, या तो मैं उसके दुःख को जान ही लूंगा या फिर मुझे भी वह नहीं बताएगा।

मौण्टैग्यू : काश! ठहरने से तुम्हें वह प्रसन्नता प्राप्त होती कि तुम इस वेदना का कारण जान पाते। चलो, श्रीमती, हम लोग चलें।

[मौण्टैग्यू और श्रीमती का प्रस्थान]

बैन्वोलियो : कैसा सुन्दर प्रभात है भाई!

रोमियो : क्या इतना प्रभात है अभी?

बैन्वोलियो : नौ ही तो बजे हैं।

रोमियो : आह! दुःख से भरे पल कितने लम्बे लगते हैं!। क्या ये जो तेज़ी से गए हैं मेरे पिता ही थे?

बैन्वोलियो : हां, वही थे! रोमियो की घड़ियों को बोझिल बनानेवाली कौन-सी वेदना छा गई है?

रोमियो : उसीको न पाने से, जो उन्हें हल्का बना देती!

बैन्वोलियो : प्रेम हो गया है?

रोमियो : नहीं! बाहर हूं.....

बैन्वोलियो : प्रेम के?

रोमियो : उसके अनुग्रह के; उसके, जिसे मैं प्यार करता हूं।

बैन्वोलियो : तब तो वह, जिसे तुम इतना मृदुल कहते हो, बड़ी कठोर होगी; अत्याचार करती है!

रोमियो : हाय! प्रेम का रूप अब भी घुटा हुआ है। क्या वह नयन बिना पंथ देख सकेगा? हम कहां भोजन करें? उफ मैं! यहां क्या झगड़ा हुआ था? मत कहो मुझसे, मैं सब सुन चुका हूं। यह सब घृणा का पाश है; नहीं, प्रेम का! ओ संघर्षशील प्रेम! वह प्रेम की घृणा! अरे ओ कुछ, जो शून्य से जन्मा है! ओ भारिल हल्केपन! और गंभीर अहंकार! सुन्दर आकृतियों के कुरूप उपद्रव! रांगे के से भारी पंख! उज्ज्वल धूम्र! ठंडी अग्नि! जरा-जीर्ण स्वास्थ्य! जागती हुई नींद! यही है न यह सब! ऐसा प्रेम है मेरा, इसमें भी है कोई आनंद! क्या तुम हंस नहीं रहे हो?

बैन्वोलियो : नहीं मित्र! मुझे तो रोना आ रहा है।

रोमियो : प्रिय मित्र! आखिर किसपर?

बैन्वोलियो : तुम्हारे कोमल हृदय की वेदना पर!

रोमियो : आह! यही तो है प्रेम की शक्ति का प्रसार। मेरी ही वेदना मेरे वक्ष में कसक रही है। क्या है और तुम्हारे पास जो आके मेरी कचोट को और दबा दे! और भारी कर दे! तुम्हारा यह प्रेम तो मेरी पीड़ा को कहीं अधिक बढ़ा रहा है। प्रेम एक धुआं है जो उच्छ्वासों की लहरियों में उठता है। कभी-कभी दहकने पर उसकी चिनगारी प्रेमी के नयनों में चमक उठती है। जब उसे दुःख होता है, तब संचित समुद्र आंसू बनकर बह निकलता है। और यह है ही क्या? एक पागलपन है निस्संदेह, कितनी घुटन, किन्तु कितनी मधुरिमा का संचय है। विदा, मेरे मित्र!

बैन्वोलियो : ठहरो! मैं भी साथ चलता हूं! अगर तुम मुझे छोड़ जाओगे तो मुझे बुरा लगेगा।

रोमियो : धत्! मैं अपने-आपको खो बैठा हूं। मैं यहां नहीं हूं।

यहां रोमियो नहीं है, वह तो कहीं और है।

बैन्वोलियो : इस वेदना में बिना शब्दाडंबर के बता दो, तुम किससे प्रेम करते हो?

रोमियो : क्या मैं रोऊं और तुम्हें बता दूं?

बैन्वोलियो : रोना-कराहना क्यों? केवल मुझे गंभीर शब्दों में बता दो वह कौन है।

रोमियो : एक रोगी से उसके दुःख में कहो कि वह अपनी वसीयत में अपनी इच्छा प्रकट करे! आह! जिसे इतनी पीड़ा है उसे ये शब्द भी दुखी करते हैं भाई। वेदना से बता दूं? मैं एक स्त्री से प्रेम करता हूं।

बैन्वोलियो : जब मैंने सोचा था कि तुम प्रेम करते हो तब इस अनुमान से मैं दूर नहीं रहा था।

रोमियो : आह! लक्ष्यभेदी हो तुम! और मेरी प्रिया सुन्दरी है।

बैन्वोलियो : यही मैंने सोचा था, मेरे मित्र! निशाना चूका नहीं हूं। ऐसी जगह निशाना जल्दी लगता है।

रोमियो : बस, इसी वार में तुम चूक गए! वह काम के शर से आहत नहीं की जा सकती। उसमें देवी-सी मेधा है, पवित्रता और कौमार्य का वह कवच धारण किए है। प्रेम के निर्बल साधारण धनुष से उसका कुछ नहीं बिगड़ता। वह प्रेम के शिष्टोपचारी शब्दों के घेरे में नहीं फंस सकती, न वह आक्रमणकारी नयनों से टकराती है। देवताओं को रिझानेवाले सुवर्ण के लिये भी वह हाथ नहीं फैलाती! उसका रूप अपार है, पर वह सीमित बन्दिनी है कि यदि वह नहीं रही, तो रूप के साथ ही उसका कोष भी रिक्त हो जाएगा।

बैन्वोलियो : तो क्या उसने प्रतिज्ञा की है कि वह कुमारी ही बनी रहेगी?

रोमियो : हां। और इसी में उसका जीवन नष्ट हो रहा है, क्योंकि सौन्दर्य, कठोर नियम-पालन से बुभुक्षित होकर अपने भविष्य से अपने छवि-जाल को अलग कर देता है। वह अत्यन्त सुन्दरी है, अत्यन्त बुद्धिमती, बुद्धि और रूप की इकाई है वह। उसने प्रेम न करने का निश्चय किया है और इसी प्रतिज्ञा से मैं मरा जा रहा हूं। जीवित ही मृत हूं, और इसे कहने के लिए जीवित हूं।

बैन्वोलियो : मेरा कहना मानो, उसको भूल जाओ।

रोमियो : आह! मुझे सिखाओ कि उसके बारे में सोचना मैं कैसे भूल जाऊं!

बैन्वोलियो : अपने नयनों को स्वतन्त्रता दो। और अन्य सुन्दरियों का निरीक्षण करो!

रोमियो : यही मार्ग है उसकी याद जगाने का, और भी। ये भाग्यशाली नकाब, जो सुन्दरियों के मुख का चुम्बन करते हैं, काले होने के कारण यह विचार दे जाते हैं कि उनमें सुन्दर मुख छिपा हुआ है। जो अन्धा हो गया है, वह अपनी खोई आंखों के कीमती खज़ाने को नहीं भूल सकता। मुझे राह चलती कोई अनिंद्य सुन्दरी दिखाओ, उस रूप से और क्या होगा, सिवाय इसके कि उसकी जगह मुझे किसी और की याद आए! विदा! तुम मुझे भूलना नहीं सिखा सकते।

बैन्वोलियो : मैं इस सिद्धान्त का मूल्य चुकाऊंगा, या ऋण में ही मर जाऊंगा।

[प्रस्थान]

दृश्य 2

[कैप्यूलैट, काउंट पैरिस ओर सेवक का प्रवेश]

कैप्यूलैट : मैं भी मौण्टैग्यू की भांति आबद्ध हूं। दण्ड में भी हम समान हैं। मैं समझता हूं हम जैसे वृद्धों को शान्ति रखने में कोई कठिनाई नहीं होनी चाहिए।

पैरिस : आप दोनों अभिजात कुलीन हैं और कितने अफसोस की बात है कि आप इतने दिनों शत्रु बने रहे। किन्तु श्रीमान ! आप मेरी सलाह के बारे में क्या कहते हैं?

कैप्यूलैट : वही जो मैं पहले कह चुका हूं। मेरी बच्ची अभी दुनिया में अबोध है। वह केवल चौदह वर्ष की ही है। अभी दो ग्रीष्म ऋतुओं को और निकल जाने दीजिए, तब कहीं हम उसे दुलहन के रूप में देखने की सोचेंगे।

पैरिस : उससे भी छोटी तो भाग्यशालिनी माताएं बन जाती हैं।

कैप्यूलैट : और जो इतना शीघ्र निर्माण होता है, उसका विध्वंस भी वैसा ही हो जाता है। पृथ्वी ने उसके अतिरिक्त मेरी सब आशाओं को निगल लिया है। मेरी समस्त आशाएं अब केवल उसीमें संचित हो गई हैं। प्रिय पैरिस ! उससे याचना करो ! उसका हृदय जीतो। उसकी इच्छा में मेरी इच्छा तो एक सहारा-भर है। यदि वह उचित व्यक्ति को चुनती है तो मेरी सारी सहमति सस्वर उसीके साथ है। आज रात मेरे यहां एक पुराने रिवाजों से चली आती दावत है। उसमें मैंने कई अतिथियों को बुलाया है, जिन्हें मैं चाहता हूं। उसी कोष में तुम भी एक अतिथि बनो, सुस्वागत है। मेरा एक रत्न बढ़ गया। मेरे दरिद्र घर में आज रात आकाशगामी नक्षत्र आएंगे जो अन्धकारमय आकाश को आलोकित कर देते हैं। वसन्त जब शीत के पीछे पाता है तब कामी तरुणों को जैसा आनन्द आता है, वैसा ही सुन्दरी कलिकाओं को देखकर आज रात तुम्हें मेरे घर पर होगा। सब सुनना, सब

देखना। और उसी सुन्दरी को पसन्द करना जिसमें सबसे अधिक गुण हों। हो सकता है उन्हींमें मेरी पुत्री जो एक होगी, उससे बढ़कर कोई न निकले। चलो मेरे साथ आओ! (सेवक से) जाओ, सुन्दर वेरोना में घूमो, उन लोगों को ढूंढ़ो जिनके नाम यहां लिखे हैं, और उनसे कहो, मेरा घर उनके स्वागत की, उनकी प्रसन्नता की आतुर प्रतीक्षा कर रहा है।

[कैप्यूलैट और पैरिस का प्रस्थान]

सेवक : उन्हें ढूढूं, जिनके नाम यहां लिखे हैं? कहा गया है कि चमार को अपने फीते से, दर्जी को अपने बौड़म से, मछेरे को अपने जाल से और चित्रकार को अपनी पेंसिल से उलझना चाहिए, लेकिन मुझे तो उन्हें ढूंढ़ने भेजा गया है, जिनके नाम यहां लिखे हैं और जिसने यह लिखे हैं वह मैं क्या समझूं! मुझे पढ़े-लिखों के पास जाना चाहिए। जल्दी! लो, क्या अच्छे मौके से आए हैं ये लोग!

[बैन्वोलियो और रोमियो का प्रवेश]

बैन्वेलियो : नहीं जी! एक आग दूसरी आग की जलन को मिटा देती है। एक दर्द बुझता तो दूसरा कम होता है। अस्थिर भ्रम में पड़ जाओ तो पीछे हटकर अपनी मदद करो, एक घोर दुःख दूसरे की तड़पन को मिटा देता है। अपनी आंख को कोई नया रोग लगने दो, पुराने का कातिल ज़हर भी उतर आएगा।

रोमियो : केले का पात तुम्हारा इसमें लाजवाब ठहरेगा।[1]

बैन्वोलियो : किसमें?

रोमियो : तुम्हारे पांव की सामने की हड्डी टूट गई है न?

बैन्वोलियो : उफ रोमियो! क्या तुम पागल हो गए हो?

रोमियो : पागल नहीं, पागल से भी अधिक आबद्ध हूं मैं। कैदखाने में डाल दो, खाना मत दो, कोड़े लगाओ, यातना दो! भले आदमी! नमस्कार!

---

1. दवाई के रूप में माना जाता था, जख्म पुरा देने में।

सेवक : श्रीमान, प्रणाम! क्या आप पढ़ना जानते हैं?

रोमियो : और मेरी किस्मत खुद मेरे दर्द में ही है।

सेवक : शायद आप बिना किताब ही सब कुछ सीखे हैं। मैं विनति करता हूं। क्या आप कुछ पढ़ सकते हैं देखकर?

रोमियो : अवश्य! यदि मैं अक्षरों और भाषा को जानता हूं।

सेवक : आप भी क्या ईमानदारी से कहते हैं! यदि नहीं जानते तो जाने दें।

रोमियो : ठहर जा तू! मैं पढ़ सकता हूं। (पढ़ता है) "श्रीमन्त मार्टिनो, उनकी पत्नी और पुत्रियां, काउण्टी एन्सैल्मे और उनकी सुन्दरी बहनें, वित्रूवियो की विधवा देवी, श्रीमंत प्लेसैन्तियो और उनकी सुन्दर भतीजियां, मर्क्यूशियो और उनका भाई वैलैन्ताईन, मेरे पितृव्य कैप्यूलैट, उनकी पत्नी और पुत्रियां, मेरी सुन्दर भतीजी रोज़ालिन, लिविया, श्रीमंत वैलेन्शियो और उनका चचेरा भाई टाइबॉल्ट, लूसियो और मुखर सुन्दरी हेलेना।" क्या सम्मेलन है साक्षात् रूप का! ये सब कहां आएंगे!

सेवक : ऊपर।

रोमियो : कहां?

सेवक : रात को भोजन को, हमारे घर।

रोमियो : किसके घर?

सेवक : मेरे स्वामी के घर।

रोमियो : ठीक! यह तो मुझे तुझसे पहले ही पूछना चाहिए था।

सेवक : अब मैं बिना पूछे बता दूं। मेरे स्वामी महान धनवान कैप्यूलैट हैं और यदि आप मौण्टैग्यू घराने के नहीं हैं, तो मैं प्रार्थना करता हूं, आइए और एक प्याला शराब का चढ़ाइए। जैसी आपकी इच्छा।

[प्रस्थान]

बैन्वोलियो : कैप्यूलैट के इसी परंपरागत भोज में वह सुन्दरी रोज़ालिन भी आएगी जिसे तुम इतना प्यार करते हो, वेरोना की सारी प्रशंसित सुन्दरियों के साथ। वहां पहुंचो और निष्पक्ष दृष्टि से उसका मुख किसी ऐसी से मिलाना जिसे मैं बताऊं और तब तुम्हें पता चलेगा कि तुम्हारा हंस तो कौआ है।

रोमियो : जब मेरे नयनों का यह आतुर और तन्मय धर्म ऐसी मिथ्या का सामना करता है, तब अग्नियों पर अश्रु उमड़ते हैं और ये नयन जो डुबा देते थे, कभी मरते नहीं थे, ये पारदर्शी, नास्तिक, झूठे, मिथ्यावादी होने के नाते जल जाएं। मेरी प्रिया से भी अधिक सुन्दर कोई और हो सकता है! सर्वद्रष्टा सूर्य ने भी सृष्टि के प्रारम्भ से अब तक उसका उपमेय कोई नहीं देखा होगा।

बैन्वोलियो : धत्, तुमने उसीका रूप तो देखा है, और भी कोई देखी है? एक उसीकी तुलना उसीसे करते हो जो तुम्हारी आंखों में समा रही है। अरे, उस अपनी स्फटिक की तुला[1] में अपनी प्रिया के अतिरिक्त किसी और सुन्दरी को भी तो तोलो। मैं तुम्हें इसी दावत में दिखाऊंगा। उसके सामने वह टिकेगी नहीं, जो इस वक्त बस अकेली भीतर जा बैठी है।

रोमियो : मैं चलूंगा ज़रूर, पर ऐसा कुछ देखने-भालने नहीं, वरन् अपनी प्रिया के रूप के वैभव का आनन्द स्वयं लेने।

[प्रस्थान]

---

1. अर्थात् चमकदार नयन।

दृश्य 3

[कैप्यूलैट के घर का एक कमरा]

[श्रीमती कैप्यूलैट और धाय का प्रवेश]

श्रीमती कैप्यूलैट : धाय! मेरी पुत्री कहां है? उसे मेरे पास बुलाओ।

धाय : अब वह बारह वर्ष की कुमारी हो गई। मैंने उससे आने को कह दिया है। बिलकुल मेमने-सी भोली है! कितनी सुन्दर! हे भगवान! कहां है यह लड़की! अरे! जूलियट!

[जूलियट का प्रवेश]

जूलियट : कौन है? कौन बुलाता है?

धाय : तुम्हारी माता।

जूलियट : मैं यहां हूं माता! क्या आज्ञा है?

श्रीमती कैप्यूलैट : बात यह है धाय! तनिक एकान्त करो। हमें एकान्त में बातें करनी हैं। धाय! जल्दी लौट आना। अरे, याद आया। तू भी हमारी बातें सुन। अब तो हमारी लड़की की आयु विवाह योग्य हुई न?

धाय : मैं तो दिन गिनकर इसकी आयु बता सकती हूं।

श्रीमती कैप्यूलैट : चौदह की तो अभी नहीं हुई?

धाय : मैं अपने चौदह दांत तुड़वा दूं। चौदह की तो यह हो ही नहीं सकती। 1 अगस्त को अभी कितने दिन हैं?

श्रीमती कैप्यूलैट : पन्द्रह दिन से कुछ ऊपर समझो।

धाय : उस रात को यह चौदह की हो जायेगी। सूसन और यह, भगवान सब ईसाई आत्माओं को शांति दे, एक आयु की थीं। सूसन परमात्मा के पास है। वह मेरे लिए बहुत अधिक अच्छी थी। मैंने कहा न? 31 जुलाई की रात को यह चौदह की हो जाएगी। मुझे खूब अच्छी तरह याद है। भूकम्प आये ग्यारह वर्ष हो गये। उस दिन इसका दूध

छुड़ाया गया था, मैं क्या उसे भूल सकती हूं। दिनों में दिन, वह तो मुझे याद ही रहेगा, उस दिन मैंने इसका दूध छुड़ाने को अपनी छाती पर कड़वी जड़ी पीसकर लगाई थी, उसी फाख्ताघर की दीवार के नीचे धूप में बैठकर। आप और स्वामी तब मण्टुआ में थे। जहां तक मुझे याद है, नही, मैं कहती हूं न, जब इसने कड़वी दवा को मेरी छाती पर चखा और कड़वी लगी तो नादान पगली कैसी घबराई थी! छोड़ती न थी, पर मुझे जाने की जरूरत क्या थी! मैं सोचती हूं, तब से अब ग्यारह बरस हो गये और तब यह बिना सहारे के अकेली खड़ी हो जाती थी, भगवान कसम, भाग लेती थी, छोटे-छोटे पांवों से। उसके पहले दिन इसने अपने सिर में चोट लगा ली थी और तब मेरे पति ने—भगवान उसकी आत्मा को शान्ति दे, बड़े खुश तबीयत के आदमी थे—बच्ची को उठा लिया था। उन्होंने कहा-अपने मुंह के बल गिरती है? जब तुझमें अक्ल आ जाएगी तब पीठ के बल गिरा करेगी, क्यों जूल?—पर यह तो रोती हई रुकी और बोली : हां; अब वह बात देखो आएगी सामने! हज़ार वर्ष जिऊं, यह क्या कभी भूल सकूंगी? उन्होंने कहा, क्यों जूल यही करेगी न? तो यह नादान मूर्ख आंखें टुमटुमाती रोना रोककर बोली : हां!

श्रीमती कैप्यूलैट : बस, बस! चुप भी रहो! ज़रा चुप रहो!

धाय : हां श्रीमती, फिर भी क्या करूं हंसी आती है मुझे। सोचिए न? इसने रोना तो छोड़ दिया और कहा : हां। और फिर यह तो तब हाल था जब माथे पर गुम्मड़ उछल आया था। ख़ूब लगी थी। ज़ोर से रो रही थी। मेरे पति ने कहा : मुंह के बल गिरी है? जब बड़ी हो जाएगी तब पीठ के बल गिरेगी! क्यों जूल? है न यही बात?—इसने रुककर कहा : हां।

जूलियट : अब तुम रुक भी जाओ, मैं कहती हूं धाय चुप रहो!

धाय : लो चुप हो गई। भगवान तुम्हारा भला करे। मैंने जो

बच्चियां पाली हैं, उनमें तुम सबसे सुन्दर हो। एक बार तुम्हारा ब्याह देख लूं तो मन की हो जाए।

श्रीमती कैप्यूलैट : हां, ब्याह की बात करने ही तो मैं आई थी। बता मेरी बेटी जूलियट! शादी के बारे में तेरी क्या राय है?

जूलियट : यह एक ऐसा सम्मान है जिसकी मैं कल्पना भी नहीं करती।

धाय : सम्मान! जो मैं केवल तेरी धाय न होती तो कहती कि तूने तो छाती के दूध के साथ ही बुद्धिमत्ता को पिया है।

श्रीमती कैप्यूलैट : शादी की बात सोचो अब। वेरोना में तुमसे छोटी कई सम्मानित स्त्रियां मां भी बन चुकी हैं। मेरे विचार में मैं तुम्हारी आयु में मां बन चुकी थी, जबकि तुम अभी कुमारी ही हो। संक्षेप में यही है कि वीर पैरिस तुम्हारे हाथ की याचना करता है।

धाय : क्या पुरुष है! कुमारी! ऐसा पुरुष संसार में—सच, बड़ा सीधा है!

श्रीमती कैप्यूलैट : वेरोना की सुन्दर ग्रीष्म में भी ऐसा फूल नहीं मिलेगा।

धाय : फूल! अजी असली फूल है वह!

श्रीमती कैप्यूलैट : तुम क्या कहती हो? तुम उसे बर सकोगी? आज रात वह हमारी दावत में आएगा। देखना उसे! तरुण पैरिस के मुख को पुस्तक की भांति पढ़ना। सौन्दर्य की लेखनी से एक-एक अक्षर लिखा हुआ मिलेगा। आकृति में देखना उसकी कि रूप प्रतिछायित होता चला गया है। उस मुख में जो धुंधला है, जो अभाव भी है, तो वह नयनों की कोरों में पूर्ण होता मिलेगा, उजागर दीखेगा। वह प्रेम-ग्रन्थ है एक, असीम प्रेमी हृदय है वह! उसे और अधिक छवियुक्त करने को एक मनोहर आवरण की आवश्यकता है। मछली समुद्र में रहती है। सुन्दर सुन्दर के आवरण

से युक्त होकर निमज्जित हो जाए तो क्या यह गर्व का विषय नहीं? वह ग्रन्थ अपना वैभव अनेक नयनों में झलकता देखता है जो सूवर्ण के छन्दों में सुनहली कथा को मुद्रित कर लेता है। जो उसके पास है, तुम उस सबकी भागीदार बनोगी और उसे प्राप्त करके कुछ और संचय ही करोगी।

धाय : थोड़ी नहीं। बहुत! पुरुष से स्त्री वर्धमान होती है।

श्रीमती कैप्यूलैट : बस मुझे बता दो, पैरिस पसन्द है?

जूलियट : मैं देख लूं, यदि देखने से हृदय का सम्बन्ध हो! पर अधिक न करूंगी नयनों को आतुर कि तुम्हारी स्वीकृति उन्हें उड़ जाने की शक्ति न दे दे।

[सेवक का प्रवेश]

सेवक : श्रीमती, अतिथि आ गए, भोजन परोस दिया गया। आपको और श्रीमती को बुलाया गया है। धाय रसोई में झल्ला रही है। सब बस तैयार है। मैं प्रतीक्षा में हूं। प्रार्थना करता हूं। चलिए शीघ्र।

श्रीमती कैप्यूलैट : चलो हम चलते हैं।

[सेवक का प्रस्थान]

जूलियट : काण्उट पैरिस आ गए।

धाय : चलो बिटिया! आनन्दमय दिनों की आनन्दमय रातें ढूंढ़ो।

[प्रस्थान]

दृश्य 4

[पथ]

[रोमियो, मर्क्यूशियो, बैन्वोलियो, पांच या छः अन्य नकाबपोशों और मशालधारियों के साथ प्रवेश करते हैं।]

रोमियो : क्या हम अपने मास्कधारी दल का परंपरागत रीति से परिचय करायें या हमें बिना कोई बहाना पेश किये चुप रहना ठीक है?

बैन्वोलियो : अतिविस्तार का समय नहीं, ऐसे शब्दाडम्बरों का युग बीत गया। किसी वस्त्र से कामदेव ठगा नहीं जा सकता। तातार के रंगीन काठ के धनुष से काम नहीं चलेगा। बिजके की तरह स्त्रियों को चौंकाना है? बोलकर ही वहां मुसीबत होगी। अपने प्रवेश करने में सावधानी होनी चाहिए। वे हमें जैसा चाहें समझें। जोड़ का जोड़ बैठाने की चतुराई आवश्यक है। समझे? और फिर रफूचक्कर होना है।

रोमियो : मुझे एक मशाल दे दो। मैं ज़रा भारी बदन का ठहरा। यह अकड़ती चाल कहां से लाऊं? मैं तो बस मशाल पकड़े ही ठीक रहूंगा।

मर्क्यूशियो : नहीं दोस्त रोमियो! तुम्हें तो नाचना पड़ेगा।

रोमियो : अजी मैं? कतई नहीं। तुम हल्के नाचने के जूते पहने हो। मेरी आत्मा है भारी सीसे-सी, जो मुझे धरती में गाड़े रखती है। मैं सरक भी न पाऊंगा।

मर्क्यूशियो : तुम ठहरे प्रेमी। कामदेव के पंख उधार ले लो, मामूली आदमी से तो तुम्हें ऊपर ही मंडराना चाहिए।

रोमियो : हाय कैसा कारी ज़ख्म खा चुका हूं उसके तीर का कि अब उसके हल्के पंखों से मुझसे क्या उड़ा जाएगा? बंधा हुआ हूं। इस बोझिल दुःख के ऊपर मैं कैसे उठ सकूंगा? प्रेम के भार में मैं तो डूबा जा रहा हूं।

मर्क्यूशियो : तो क्या डूबकर प्रेम को भी बोझिल कर दोगे?

बड़ी नाज़ुक चीज़ है, उसीपर ऐसा ज़ुल्म?

रोमियो : प्रेम! कोमल है? बड़ा कठोर है, बड़ा उत्पाती, बड़ा झगड़ालू। कांटे-सा चुभता है।

मर्क्यूशियो : यदि प्रेम तुम्हारे लिए कठोर है, तो तुम प्रेम के प्रति कठोर बनो। चुभीले प्रेम के चुभन बनकर चुभो। पराजित कर दो उसे। लाओ मुझे भी चेहरा ढांकने को एक नकाब दो। अरे मुझे क्या चिंता कौन-सी कौतूहल-भरी दृष्टि कुरूपता की खोज करती है। मैं भी नकाबों में एक नकाब बनता हूं। झपे मेरी बला से यह नकाब की झालर, मैं तो छिप गया अब।

बैन्वोलियो : चलो, दरवाज़ा खटखटाकर भीतर चलो। भीतर घुसते ही बिखर जाना ज़रा।

रोमियो : मुझे एक मशाल दो। जिनके हल्के वासनामय हृदय हों वे ही बेजान फर्शों को अपनी एड़ियों से रगड़ें। मेरे बारे में तो पुरानी कहावत है कि मैं मशालची बना रहूं और देखा करूं। क्योंकि खेल ही उतना उम्दा न था, तभी मैं वहीं का वहीं रह गया।

मर्क्यूशियो : हिश! चुप भी रहो! सिपाही की वह बात याद करो कि यदि चोर पकड़ना है तो छिपा रह। तुम्हें प्रेम के दलदल से उबारेंगे कौन, जहां तुम नाक तक गड़ गये हो? क्या मशाल पकड़कर तुम अपने को और अधिक प्रकट नहीं करोगे! आओ! दिन में मशालें मत जलाओ।

रोमियो : क्या मतलब! ऐसा कैसे हुआ!

मर्क्यूशियो : दिन में यानी बेकार। यानी वक्त की बरबादी, देर हो रही है। बात का मतलब समझा करो। हमारी पांच तन्मात्राओं में न्याय-निर्णय पहले ही एक-एक कर हरेक में पांच बार बैठता है।

रोमियो : इस मास्क में जाने की तुक भी तो हो। क्या अक्लमंदी है इसमें?

मर्क्यूशियो : क्यों, कोई टोकेगा?

रोमियो : मैंने रात एक सपना देखा।

मर्क्यूशियो : देखा तो मैंने भी।

रोमियो : अच्छा क्या देखा तुमने?

मर्क्यूशियो : अजी सपना देखनेवाले अक्सर झूठ बोलते हैं।

रोमियो : पर सोते में तो सपने में बातें सच्ची ही लगती हैं।

मर्क्यूशियो : तब तो लगता है परियों की रानी मैब तुम्हारे साथ रह चुकी है? वह परियों में सर्वश्रेष्ठ है और मजिस्ट्रेट की तर्जनी की अंगूठी के नग से बड़ी प्राकृति में नहीं दिखती। छोटे-छोटे अणु जैसे साथियों के साथ सोते आदमियों की नाक पर से गुजरती है। मकड़े की टांगों के तो उसके पहियों में अरे हैं, उसका चंदोवा है टिड्डे के पंखों का। छोटी से छोटी मकड़ी के जाले की लगाम है उसकी। उसकी माला है चांदनी की तरल रश्मि। उसकी कशा है झींगुर की हड्डी; चाबुक है झिल्ली की। उसका गाड़ीवान है छोटा भूरा कोट पहननेवाला मच्छर, उतना बड़ा भी नहीं जितना अलसाई कुमारी की आलस-भरी उंगली से कुचला हुआ छोटा-सा गोल कीड़ा। उसका रथ है जैतून के फल का खाली-सा छिलका, गिलहरी जैसे ठठेरे और वृद्ध रेशम के कीड़े ने उसे बनाया है, न जाने वे कब से उसकी गाड़ी बनानेवाले रहे हैं। और इस हालत में वह रात-ब-रात प्रेमियों के दिमाग में सरपट चाल से बढ़ती जा रही है, और तब उन्हें प्रेम के सपने आते हैं। जब वह दरबारियों के घुटनों से गुज़रती है तब वे सपनों में झुकते हैं; जब वकीलों की उंगलियों पर से, तब वे सपनों में एकदम अपनी फीस देखने लगते हैं; जब वह स्त्रियों के होंठों से निकलती है, उन्हें चुंबन दिखता है। अक्सर नाराज़ होकर परियों की रानी उनपर फफोले डाल देती है, क्योंकि उनकी सांसों में मिठाइयों की गन्ध रहती है। और जब वह दरबारी की नाक पर से चलती है तो उसे

तुरंत सम्राट से नया उपहार लेने की सूझती है। फिर जब कभी पादरी की नाक को गुदगुदाती आती है तो वह फौरन अपनी भेंट में प्राप्त सूहर का सपना देखने लगता है और नयी पक्की आमदनी की कल्पना करने लगता है। और जब उसकी गाड़ी सिपाही की गर्दन पर से जाती है तब वह विदेशियों के गले काटने, ब्रीचिसों, छिपने की जगहों, स्पेन की तलवारों और अच्छी तन्दुरुस्ती के सपने देख उठता है, फिर उसके कानों में नगाड़े बजते हैं और वह चौंककर जाग उठता है और डरकर एक-दो बार प्रार्थना भी कर लेता है और फिर सो जाता है। वही है परियों की रानी मैब जो रात में घोड़ों की अयालें गूंथती है और परियों के गुंथे बालों को गन्दे मलिन केशों में उबालकर रूक्ष बनाती है। जानते हो वे उलझ जाएं तो अपशकुन होता है। वह तो असल में एक बुढ़िया है। जब कुमारियां पीठ के बल लेटती हैं, तब वह उन्हें दबाती है और बोझ झेलना सिखाती है, उन्हें औरत बना देती है, सुन्दर और स्वस्थ। वही है वह—

रोमियो : बस-बस, मर्क्यूशियो! शान्त रहो। यह न कुछ की कहे जा रहे हो?

मर्क्यूशियो : सच! मैं सपनों की बात कर रहा हूं। वे बेकार दिमाग के बाल-बच्चे हैं; फिजूल, न कुछ से जन्मे, कल्पना के पूत। वायु से भी शून्य, उस पवन से भी चंचल, जो उत्तर के बर्फानी प्रान्त से क्रुद्ध-सा, फैलता हुआ सा, नीहारसिक्त दक्षिण की ओर मुंह करके चलता है।

बैन्वोलियो : यह हवा जिसका तुम ज़िक्र कर रहे हो, हमीं लोगों में से बह रही है। खाना तो हो चुका, हम कितनी देर में पहुंचेंगे?

रोमियो : नहीं, अभी बहुत जल्दी है, मुझे डर है। मेरे मस्तिष्क में कुछ कुघात की छाप पड़ रही है, लगता है वह भाग्य में लटकी हैं, और आज रात के आनन्द में से वह अपना समय पाकर भयानक रूप से उतर आएगी और मेरे वक्ष में अवरुद्ध इस जघन्य जीवन का एक

युग समाप्त कर देगी, अकाल मृत्यु के कुत्सित आक्रोश से मिटा देगी। किन्तु वह, जो मेरा खेवनहार है, वही मेरे पालों को रास्ता दिखाएगा! आह! वासनाग्रस्त तरुणो!

बैन्वोलियो : बजने दो बाजा! कूच करो!

[प्रस्थान]

दृश्य 5

[कैप्यूलैट के भवन का एक विशाल कमरा]

[संगीतज्ञ प्रतीक्षा कर रहे हैं। तौलिये लिए परोसने वाले सेवक आते हैं।]

एक सेवक : पोटपैन कहां है जो चीजें उठाने में मदद नहीं करता? वह प्लेट उठा रहा है! वह प्लेट साफ कर रहा है!

दूसरा सेवक : जब शराफत एक-दो आदमियों के ही हाथों में आ जाएगी और वे भी जो बिना धुले हुए गन्दे होंगे, तब समझ लो क्या होगा! मुसीबत के अलावा क्या होगा तब?

एक सेवक : इन जुड़ी चौकियों को हटाओ, हटाओ इन अल्मारियों को, प्लेट देखो प्लेट! हे भगवान! ज़रा मेरे लिए बादाम का हलुआ बच रहे! तू मुझे चाहता है भगवान! द्वारपाल से कहो वह सूसन ग्राइण्डस्टोन, और नेल को भेज दे। एण्टनी और पोटपैन को भी।

दूसरा सेवक : हां भाई! लो सब तैयार हैं।

एक सेवक : तुम्हारी तलाश थी, तुम्हें बुलाया गया, पूछा गया और तुम्हें सारे घर में ढूंढ़ा गया।

तीसरा सेवक : हम यहां-वहां सब जगह कैसे रह सकते हैं।

हिम्मत बांधो दोस्तो! जल्दी करो, जो ज़्यादा जिएगा, सब पाएगा।

[सब जाते हैं।]

[कैप्यूलैट का जूलियट तथा अन्य गृह-सदस्यों के साथ प्रवेश। वह अतिथियों और मास्कधारियों से मिलता है।]

कैप्यूलैट : स्वागत! भद्रजन! जिन स्त्रियों की अंगुलियों में खैरुए नहीं हैं, वे तुम्हारे साथ नाचेंगी। आह! हा! श्रीमतियो! आपमें से अब नाचना कौन अस्वीकार करेगी! जो बड़ी साज-धाज में हैं, सच उनके ज़रूर खैरुए होंगे। पास आकर देखूं? स्वागत! भद्रजन! अपना तो नक़ाब पहनने का दिन मैं कभी का देख चुका, जब मैं किसी सुन्दरी के कानों में फुसफुसाकर कहानी कहता था जो उसे प्रसन्न कर दे। गए वे दिन, वे तो गए, अब नहीं रहे। स्वागत! भद्रजन! आओ संगीतज्ञो! बजाओ! विशाल प्रकोष्ठ है। जगह करो, जगह! नाचो लड़कियो!

[संगीत प्रारम्भ होता है और नृत्य भी]

और भी रोशनी लाओ! बदमाशो! मेज़ों को हटा दो! आग बुझा दो, कमरा बहुत गर्म हो गया है। आह! अब ज़रा कुछ खेल जमा। कितने लोग आ गए हैं! नहीं-नहीं, मेरे अच्छे भाई कैप्यूलैट बैठो! अब हमारे-तुम्हारे नाचने के दिन तो गए। कितने दिन हो गए होंगे जब आखिरी बार चेहरे पर मास्क लगाया था।

दूसरा कैप्यूलैट : हो गए होंगे, तीस बरस।

कैप्यूलैट : लाहौल बिलाकूवत! अमां इतने नहीं। इतने कतई न हुए होंगे। लुसेनशियो की शादी की बात ही तो है, पण्टेकोस्ट को पैदा हुए कितने दिन हुए! कोई पच्चीस साल! बस तब की बात है।

दूसरा कैप्यूलैट : ज़्यादा हो गए, कहीं ज़्यादा! उसका लड़का बड़ा है। अब वह तीस का है।

कैप्यूलैट : सच कहते हो? दो साल पहले तो वह देख-रेख में

रखा जाता था!

रोमियो : (एक सेवक से) वे श्रीमती कौन हैं जो उस कुलीन के हाथ में हाथ दिए हैं?

सेवक : मैं नहीं जानता श्रीमान!

रोमियो : आह! वही तो इन मशालों को दमकना सिखा रही है। ऐसा लगता है जैसे रात के राल पर वह ज्योति बनकर लटक रही है, जैसे हब्शी के कान में बहुमूल्य रत्न जगमगाता है। उपयोग से परे का अनिंद्य सौन्दर्य! पृथ्वी के लिए कितना अमूल्य! लगता है कौओं में हिमश्वेत हंस आ गया हो, ऐसी लगती है वह औरों के बीच में! नृत्य का एक विक्षेप समाप्त हुआ। मैं देखूं वह कहां रुकती है। उसका हाथ 'छूकर अपने इस कठोर हाथ को धन्य बनाऊंगा। क्या अब तक कभी मेरे हृदय ने प्रेम किया था? कसम से! यह दृश्य! आज तब मैंने ऐसा रूप नहीं देखा।

टाइबॉल्ट : अपने स्वर से यह अवश्य मौण्टेग्यू लगता है। सेवक, मेरा खड्ग ला! इस दास का इतना साहस कि यहां आ गया! यह भांडों का सा चेहरा लगाकर! कि हमारे पवित्र उत्सव का उपहास करने का दुस्साहस कर सके! अपने कुल और परिवार के सम्मान की शपथ, इसका वध करना मैं पाप नहीं समझता।

कैप्यूलैट : नहीं, मेरे सुहृद्! क्यों इतने क्रुद्ध हो रहे हो?

टाइबॉल्ट : पितृव्य! यह मौण्टैग्यू है, हमारा शत्रु! नीच खल! जो ईर्ष्या से यहां आया है ताकि आज रात वह हमारे पवित्र उत्सव पर हंस सके!

कैप्यूलैट : क्या यह तरुण रोमियो है?

टाइबॉल्ट : वही है नीच रोमियो!

कैप्यूलैट : शान्त रहो, सुहृद्! शान्त रहो। उसे छोड़ो। यहां वह बिलकुल भद्रोचित व्यवहार कर रहा है। सच तो यह है, वैरोना उसके

सौजन्य और नियमित जीवन, उसके संयमी यौवन की प्रशंसा करता है। सारे नगर के वैभव के बदले में भी मैं उसका तिरस्कार अपने घर में नहीं करूंगा। शान्त रहो। इसलिए धैर्य धरो। उसपर ध्यान न दो। यह मेरी इच्छा है, यदि तुम उसका सम्मान करते हो, तो अच्छी तरह व्यवहार करो, इस क्रोध का त्याग करो। दावत के लिए यह सब खुशी में नाखुशी पैदा करनेवाली चीज़ बन जाएगी।

टाइबॉल्ट : ऐसा नीच अतिथि हो तो यही ठीक है। मैं उसे सह नहीं सकता।

कैप्यूलैट : सहना ही पड़ेगा। अच्छे लड़के! मैं कहता हूं, वह रहेगा। चलो छोड़ो। मैं यहां का मालिक हूं या तुम? चलो भी तुम उसे नहीं सह सकोगे! भगवान मेरी आत्मा की रक्षा करें! तुम मेरे अतिथियों में वावेला मचवा दोगे! तुम यहां झगड़ा पैदा कर दोगे! तुम करोगे! हां!

टाइबॉल्ट : किन्तु पितृव्य! यह तो अत्यन्त लज्जास्पद है!

कैप्यूलैट : छोड़ो! छोड़ो! अभी तुम उबलते हुए नौजवान हो। है न यही बात? यह चाल तुम्हें काटे दे रही है, मैं जानता हूं क्या है यह! पर मेरी बात टालोगे? छिः! अभी समय है। ठीक कहा है! शाबाश! तुम शेर हो! जाओ! चुप रहना! और रोशनी लाओ! और रोशनी लाओ! उफ! कैसी शर्म की बात है। अच्छा, मैं तुम्हें ठंडा करूंगा! अहा हा! कैसा आनन्द है।

टाइबॉल्ट : यह बलात् धैर्य उमड़ते क्रोध से मिलकर मेरी देह को दो-दो थपेड़ों की चोटों में, कम्पित कर रहा है। मैं जाता हूं। किन्तु इनका यह अनावश्यक आगमन जो अब मीठा लग रहा है, शीघ्र ही भयानक कड़वी पीड़ा में बदल जाएगा!

[प्रस्थान]

रोमियो : (जूलियट से) यदि मेरे ये अयोग्य हाथ आपके इस पवित्र हाथ को, इस पवित्र अनिंद्य सुन्दर वेदी को छू सकें, तो ये मेरे

दो होंठ संकुचित तीर्थ-यात्रियों की भांति अपना अनगढ़ खुरदुरापन एक कोमल चुंबन के स्पर्श से मिटा देंगे, आपकी कमनीय त्वचा को छुकर पवित्र हो जाएंगे।

जूलियट : भोले तीर्थ-यात्री! अपने हाथों का ऐसा अपमान क्यों करते हो? भक्ति का समर्पण यही तो कहता है। तीर्थ-यात्रियों के हाथों के छूने योग्य तो संतों के हाथ होते हैं और हाथ में हाथ तो विजय का उपहार है—चुंबन!

रोमियो : क्या संतों के अधर नहीं होते, कि पवित्र तीर्थयात्रियों के!

जूलियट : आह! तीर्थ-यात्री! अधर! जो उन्हें प्रार्थना के लिए प्रयुक्त करने हैं वे ही तो!

रोमियो : आह प्रिय संत! तब हाथों का कार्य अधरों को करने दो! वे प्रार्थना करते हैं, वरदान दो! कहीं भक्ति निराशा में परिणत न हो जाए।

जूलियट : संत मानव कार्यों में व्यस्त नहीं होते! प्रार्थना को वर अवश्य देते हैं।

रोमियो : तब आप विचलित न हों! मैं अपनी प्रार्थना का परिणाम स्वयं प्राप्त कर लूंगा। मेरे अधरों के पाप आपके अधर दूर कर देंगे।

[चुंबन लेता है।]

जूलियट : तो क्या वह पाप मेरे अधरों पर आ गया है?

रोमियो : पाप मेरे अधरों से? आह कितने माधुर्य से यह अभिव्यक्ति एक प्रतीक बन गई है। मेरा पाप मुझे लौटा दें।

जूलियट : आपका प्रत्येक चुंबन शास्त्रीय है।

धाय : श्रीमती! आपकी माता आपसे कुछ कहना चाहती हैं।

रोमियो : इनकी माता कौन हैं?

धाय : हे भगवान! अरे अविवाहित तरुण! इनकी माता ही

तो यहां की गृह-स्वामिनी हैं? बड़ी अच्छी स्त्री हैं, चतुर, सद्गुणयुक्त, शीलवती! मैं उनकी पुत्री की धाय हूं, जिनसे तुम अभी तक बातें कर रहे थे। मैं कहती हूं जो इन्हें पाएगा, वह कोष पा जाएगा।

रोमियो : क्या ये कैप्यूलैट हैं? हे भगवान! मेरा जीवन मेरे शत्रु का ऋण हो गया।

बैन्वोलियो : चलो। अब चलें। खूब अच्छा रहा।

रोमियो : हां, यही तो मुझे डर है, तभी तो और भी बेचैन हूं।

कैप्यूलट : नहीं भद्रजन! अभी से न चले जाएं। अभी तो एक मामूली-सी नाचीज़ दावत और है। अच्छा जाना ही है? मैं आप सबको धन्यवाद देता हूं। धन्यवाद, अच्छे अतिथिगण! नमस्कार! अरे इधर और मशालें लाओ। चलें तो फिर। सोने चलें। अरे रात बहुत हुई। परियों का समय हुआ। मैं चला, ज़रा आराम करूं।

[जूलियट और धाय के अतिरिक्त सबका प्रस्थान]

जूलियट : इधर आओ धाय? वह तरुण कौन है?

धाय : वृद्ध टाइबीरियो का पुत्र और उत्तराधिकारी।

जूलियट : और वह जो अब द्वार से निकल रहा है।

धाय : मेरे ख्याल से वह तरुण पेशियो है।

जूलियट: और वह जो उसके पीछे है, जिसने नृत्य नहीं किया?

धाय : मैं नहीं जानती।

जूलियट : जाकर उसका नाम पूछो। यदि वह विवाहित है, तो कब्र ही मेरी शादी का बिस्तर बन जाए।

धाय : उसका नाम रोमियो है, मौण्टैग्यू घराने का है। तुम्हारे महान शत्रु का एकमात्र पुत्र।

जूलियट : मेरी एकमात्र घृणा से ही मेरा एकमात्र प्रेम जन्मा है। कितना शीघ्र, कितना अज्ञात है यह! और कितनी देर में अवगत हुआ

है! यह मेरे प्रेम का जन्म कितना भयानक है, पाशविक! कि मुझे एक कुत्सित शत्रु से प्रेम हो गया है!

धाय : क्या बात है? क्या बात है!

जूलियट : एक कविता का भाव है जो मैंने अभी नाचते समय एक के मुंह से सुना।

[नेपथ्य से पुकार : जूलियट!]

धाय : शीघ्रता करो। शीघ्रता! चलो चलें! अतिथि सब चले गए।

[प्रस्थान]

दूसरा अंक

[प्रोलॉग]

[कोरस का प्रवेश]

अब पुरानी चाहना निज मृत्यु-शय्या पर पड़ी है,
नव प्रणय विह्वल हुआ है
जाय बन उसका स्वयं उत्तर'धिकारी
रूप जिसके हेतु भरता था कराहें और लय होता रहा वह प्रेम,
उस सुकोमल जूलियट में ठौर अपनी पा गया, पर
यह नहीं अच्छा हुआ सच।
रोमियो प्रिय बन गया, है स्वयं प्रेमी
रूप से मोहित हुआ सा,
किन्तु अपने शत्रु को देना उसे तो है उलहना,
और वह कांटे भयद से प्रेम का लासा चुराती,
शत्रु होने से, न वह संदेस अपना
मुक्त होकर हाय कह सकता कि जैसे प्रेमियों का रूप होता,
और वह सच जूलियट भी, प्रेम में डूबी,
उसे तो अवसर कहां, हैं और भी कम
प्राण से अपने मिलन के,
कहां जाकर अब मिलें वे!
किन्तु देता है प्रणय का ओज उनको शक्ति,
देता समय अवसर मिलन का,
अति मधुरता कठिनतम व्याघात को है पार करती।

[प्रस्थान]

दृश्य 1

[कैप्यूलैट के उपवन की दीवार के बगल की गली]

[रोमियो का प्रवेश, अकेला है।]

रोमियो : जब मेरा हृदय यहां है तो क्या मैं और आगे जा सकता हूं? ओ जड़ धरती जैसे मेरे शरीर! यहीं तेरा केन्द्र है, हृदय है!

[वह दीवाल पर चढ़कर भीतर कूद आता है।]

[बैन्वोलियो और मर्क्यूशियो का प्रवेश]

बैन्वोलियो : रोमियो! मेरे भाई रोमियो!

मर्क्यूशियो : वह चतुर है! अपनी कसम! वह तो घर जा कर सो भी गया।

बैन्वोलियो : वह तो इधर दौड़कर आया था। उसने बाग की दीवाल फांदी थी। बुलाओ उसे मर्क्यूशियो।

मर्क्यूशियो : अरे नहीं! तब भी मैं आवाहन देता हूं। रोमियो। हो चुका मज़ाक! पागल! क्या वासना है! प्रेमी! आह बनकर प्रकट हो जाओ। एक तुकबन्दी तो बोलो, मेरा मन भर जाएगा। पुकार उठो : "यह रहा।" बोलो केवल : प्रिया! मेरी विहगी! मेरी विश्वासमयी रूप की देवी से एक मधुर वचन तो कहो। एक शब्द उसके अन्धे पुत्र और उत्तराधिकारी कामदेव के लिए! वही जिसने इतना अच्छा निशाना साधा था जब राजा कोफीतुआ भिखारिन के प्रेम में पड़ गया था। वह नहीं सुनता, न हिलता है न डोलता ही। आह, मेरा वह प्यारा तो मर गया! कहां तक विनती करूं! रोज़ालिन के चमकीले नेत्रों की सौगन्ध है। उसके उन्नत भाल की, उसके लाल-लाल अधरों की, उसके सुन्दर चरण की, सीधे पांव की, स्फुरित होती जंघा की और उस सुन्दर भूमि की जो उसके आसपास है। अपने ही रूप में हमारे सामने प्रकट हो

जाओ!

बैन्वोलियो : जो वह तुम्हारी बात सुन लेगा तो तुमपर नाराज़ हो जाएगा।

मर्क्यूशियो : इसमें नाराज़गी की क्या बात है? हां, मैं उसकी प्रिया के क्षेत्र में कोई नई बात खड़ी कर देता तो वह क्रुद्ध होता जो उसे गिराती, जिसमें ईर्ष्या होती; यहां तो मेरी प्रार्थना सच्ची है; भोली है। उसे जगाने को ही तो उसकी प्रेयसी का नाम ले रहा हूं।

बैन्वोलियो : चलो। वह कहीं पेड़ों में छिप गया है। अन्धकारमयी भीगी रजनी का पारिपार्श्वक बनेगा वह। कितना अन्धा है उसका प्यार, ठीक इस अंधेरे के ही योग्य और उचित।

मर्क्यूशियो : यदि प्रेम अन्धा है तो वह अपना लक्ष्यवेध क्या करेगा? अब वह मैडलर वृक्ष के नीचे बैठ जाएगा और चाहेगा कि उसकी प्रिया वैसा ही फल बन जाए जिसके बारे में लड़कियां अकेले में हंसते समय बातें करती हैं—ओ रोमियो! यदि तेरी प्रिया वैसा फल है, तो तू भी नाशपाती से कम नहीं है। रोमियो! नमस्कार! मैं तो शय्या पर चला। यह खुले मैदान का बिस्तर मेरे सोने के लिए बहुत ठंडा है। चलते हो। या हम जाएं?

बैन्वोलियो : तो चलो! उसे यहां खोजना बेकार है जहां वह मिल ही नहीं सकता।

[प्रस्थान]

दृश्य 2

[कैप्यूलैट का उपवन]

[रोमियो का प्रवेश]

रोमियो : जिसने कभी घाव की पीड़ा नहीं जानी वही उनके दागों का उपहास करता है।

[जूलियट ऊपर खिड़की पर दिखाई देती है।]

मन धीरे-धीरे! उस वातायन से कैसा प्रकाश फूटा आ रहा है! यही पूर्व दिशा है, जूलियट इसमें सूर्य-सी उदित हुई है। उठ अंशुमाली, और ऊपर उठ, इस ईर्ष्यालु पाण्डुर चन्द्रमा[1] को विनष्ट कर दे जोकि अभी से अवसाद से मलिन हो चला है। यदि तू इस चन्द्रमा की अनुचरी है, तो तू अपनी स्वामिनी से कहीं अधिक लावण्यवती है। उसकी अनुचरी न बन, क्योंकि उसमें ईर्ष्या है और उसके पवित्र वस्त्रों पर अभी से हरिताभ श्यामला मलिनता छा गई है और मूर्खों के अतिरिक्त ऐसे वस्त्र कोई धारण नहीं करता। उतार दे इन्हें। अरे यह तो मेरी प्रिया है, आह! मेरा प्रेम ही तो है। आह! यदि यह इतना ही जान पाती कि वह क्या थी! बोलती है, किन्तु फिर भी कुछ नहीं कहती। यह क्या हुआ? परन्तु उसके नयन बोलते हैं और मैं उनको उत्तर दूंगा। मैं अत्यन्त साहसिक हूं। वह मुझसे तो बातें नहीं कर रही! अनन्त आकाश के दो सुन्दरतम नक्षत्र उसके नयनों से प्रार्थना कर रहे हैं कि जब तक वे अपने कार्य से लौट न आयें वह उनके स्थान पर दिगंतर तक आलोक प्रतिध्वनित करते रहें। आह, ये नयन इसके शीश में रहें या आकाश में! क्या भेद है! क्या इसके कपोलों की स्निग्ध उज्ज्वलता देखकर वे ही नक्षत्र लाज से न मर जाएंगे? जैसे सूर्य के सम्मुख दीपक! आकाश में उसके नयन अन्तराल में ऐसा उज्ज्वल आलोक स्रवित करेंगे कि

1. चन्द्रमा पश्चिम में पुरुष नहीं, स्त्री माना जाता है।

पक्षी गा उठेंगे और उन्हें दिन का भ्रम हो जाएगा! कैसा टिका लिया है उसने अपने हाथ पर अपना कपोल! यदि मैं केवल उन हाथों का दस्ताना होता और उसके गाल को छू पाता!

जूलियट : हाय री मैं!

रोमियो : वह कुछ कह रही है। फिर बोलो! उज्ज्वल देवदूत! इस रात्रि के लिए, मेरे सामने, ऊपर, तुम उतनी ही विभवान्वित हो जितना कोई स्वर्ग का प्रतिनिधि पंखमय देवदूत इन मर्यों की आश्चर्य से फटी श्वेतापांग आंखों को लगता है, जो बार-बार उसे ही निहारा करती हैं। और वह देवदूत अलसाई मंथर गति से तिरते मेघों पर चलता हुआ पवन के वक्ष पर जलदों के पाल खोलकर निकल जाता है।

जूलियट : आह रोमियो! रोमियो! क्यों हो तुम रोमियो! अपने पिता को अस्वीकार कर दो, त्याग दो यह अपना नाम, अन्यथा, यदि यह नहीं कर सकते तो मेरे प्रेम से प्रतिश्रुत हो, और मैं फिर कैप्यूलैट नहीं रहूंगी।

रोमियो : (स्वगत) क्या मैं और सुनता रहूं, या इसका उत्तर दूं?

जूलियट : केवल तुम्हारा नाम ही तो मेरा शत्रु है, तुम तुम ही हो, यद्यपि तुम मौण्टैग्यू नहीं हो! क्या है मौण्टैग्यू! न हाथ, न पांव, न बाहु, न आनन, मनुष्य का कोई भी तो अंग नहीं! कोई और नाम धर लो न? नाम में है ही क्या? यदि हम गुलाब को किसी और नाम से पुकारते तब भी उसमें इतनी ही सुगन्धि आती। यदि रोमियो को इस नाम से न पुकारा जाता, तब भी रोमियो तो यही रहता? इस नाम के बिना भी उसको यह बहुमूल्य पूर्णता तो अभावग्रस्त न होती। रोमियो! छोड़ दो यह अपना नाम, नाम में तुम्हारा कोई भाग नहीं, इसके बदले में मुझ सम्पूर्ण को ले लो!

रोमियो : तुम्हारा वचन ही मेरा प्रमाण हो? प्रेम ही तो मुझे चाहिए, मैं पुनः नाम-संस्करण कराऊंगा। अब मैं कभी भी रोमियो नहीं रहूंगा।

जूलियट : कौन हो तुम जो रात्रि के अन्धकार में छिपे मेरे चिंतन में इस प्रकार व्याघात डाल उठे हो?

रोमियो : क्या नाम बताऊ? नहीं जानता कि अपने को तुमपर प्रकट कर सकूं! मेरे मसीहा! अपने नाम से मैं स्वयं घृणा करता हूं, क्योंकि वह तुम्हारा शत्रु है। यदि वह लिखा होता, तो मैं उसे फाड़ देता।

जूलियट : आह, तुम्हारे अधिक शब्दों का अमृत मेरे कर्णों ने अभी नहीं पिया है, परन्तु यह ध्वनि मेरी परिचित है! क्या तुम ही रोमियो नहीं हो, एक मौण्टैग्यू ही?

रोमियो : नहीं सुन्दरी! क्योंकि तुम्हें दोनों ही अप्रिय हैं।

जूलियट : कैसे आ गए तुम यहां? बताओ? किस तरह? उपवन की भीतें तो ऊंची हैं जिनपर चढ़ना कठिन है। यह सोचते हुए कि तुम कौन हो, यह तो मृत्यु-स्थल है, कहीं यदि मेरे किसी रक्त-सम्बन्धी ने तुम्हें यहां देख लिया तो?

रोमियो : प्रेम के हल्के पंखों के बल पर मैंने इन दीवारों को लांघ दिया क्योंकि पाषाणी सीमाएं प्रेम को बन्दी नहीं बना सकतीं। और प्रेम क्या नहीं कर सकता? उसका-सा साहस है कहां? तुम्हारे सम्बन्धियों का मुझे कोई भय नहीं।

जूलियट : पर यदि वे तुम्हें देख लेंगे, तो मार डालेंगे।

रोमियो : उहूं! उससे अधिक भय तो तुम्हारे नयनों में है जो बीस-बीस तीव्र खड्गों से भी अधिक तीक्ष्ण हैं। मेरी ओर देखो प्रिये! और मैं उनकी शत्रुता से भी सुरक्षित हो गया हूं, अभेद्य!

जूलियट : सारे संसार के बदले में भी मैं नहीं चाहती कि वे तुम्हें यहां देखें।

रोमियो : रात ने मुझे उनकी आंखों से ढांकने को अपना चोगा ओढ़ा दिया है। किन्तु यदि तुम मुझसे प्रेम करती हो तो क्या डर है, यदि वे मुझे पा जाएं? उनकी घृणा से मेरे जीवन का अन्त हो जाए यही अच्छा होगा, बजाय इसके कि तुम्हारे प्रेम के अभाव में मृत्यु की अवधि मुझसे दूर होती चली जाए?

जूलियट : तुमने किसके सिखाए यह जगह ढंढ़ ली?

रोमियो : प्रेम के! उसीने मुझे उकसाया कि मैं ढूढूं। उसीने मुझे सलाह दी, और मैंने उसे अपने नेत्र दे दिए! मैं कोई खिवैया नहीं, और तुम हो उस सुदूरतम सागर की लहरों से धुले हुए तीरी-सी अपार विस्तृत, फिर भी अनजान मैं ही, इतना साहसी हूं कि उस अगम्य की ओर भी व्यापार करने को अपनी नौका उत्ताल तरंगों में फेंक सकता हूं।

जूलियट : तुम जानते हो कि रात की नकाब मेरे चेहरे पर है, नहीं तो तुमने मुझे आज रात जो कहते सुन लिया है, उसके लिए मेरे कपोलों पर आई लाज की लालिमा को चित्रित करते हुए कोई भी कुमारी लज्जा में डूब जाएगी। इच्छा करती हूं कि रूप पर जीवित रहूं, सच अस्वीकार नहीं करूंगी उस कहे हुए को! परन्तु विदा री प्रशंसे! क्या तुम मुझे प्यार करते हो? जानती हूं, तुम कह दोगे : "हां" और मैं तुम्हारे वचन को मान लूंगी, परन्तु यदि तुम सौगन्ध खाओगे तो समझूंगी तुम झूठे हो। कहते हैं, प्रेमियों की मिथ्या साक्षी पर कामदेव हंसा करता है। प्रिय रोमियो! यदि तुम मुझे प्यार करते हो तो सच-सच कह दो। यदि तुम्हारा यह विचार हो कि मुझे जीतना बहुत सहज है, तो मैं क्रुद्ध होकर विपरीत स्वर से कह दूंगी—"न, नहीं!" और तुम मेरी चाटुकारिता करोगे। किन्तु अन्यथा, सारे संसार के लिए भी नहीं। सचमुच! सुन्दर मौण्टैग्यू! मैं बहुत आकर्षित हूं, इसीसे कहीं मेरे व्यवहार को अत्यन्त चपल न समझ बैठना! तुम सज्जन हो, मेरा

विश्वास करो। मैं उन सबसे सच्ची साबित होऊंगी जो चतुराई को भीतर छिपा लेती हैं। मुझे भी कुछ दुराव रखना चाहिए था, मानती हूं, परन्तु तुमने तो मेरे अनजान में ही मेरी बातों को सुन लिया! वह मेरे प्रेम का सच्चा उच्छ्वास था! क्षमा कर दो मुझे। कहीं मेरे प्रेम को हल्का-फुल्का न समझ लेना जो इस अंधेरी रात ने तुम्हें दिखा दिया है।

रोमियो : प्रिये! उस सुन्दर चन्द्रमा की शपथ खाकर कहता हूं, जिसने फलों से लदे इन वृक्षों के शिखरों को रजताभ से मुखरित कर दिया है...

जूलियट : शपथ न खाओ इस चन्द्र की, इस चंचल क्षयशील की, जो नित्य ही अपना रूप परिवर्तित करती है, कहीं इसीका सा तुम्हारा प्रणय भी प्रमाणित न हो।

रोमियो : तब मैं किसकी शपथ ग्रहण करूं?

जूलियट : किसीकी भी नहीं। और यदि सौगन्ध ही खानी है तो अपनी खाओ, अपने सम्मानित हृदय की, जो मेरी मूर्तिपूजा का भगवान है, और मैं तुम्हारा विश्वास कर लूंगी।

रोमियो : यदि मेरे प्राणों का सुन्दर और मूल्यवान प्रेम...

जूलियट : रहने दो, शपथ न खाओ। यद्यपि तुममें मेरा सुख है, परन्तु आज रात के इस मिलन में मुझे हर्ष नहीं। बहुत कठोर है, आकस्मिक और बिना चिंतन का यह, जैसे विद्युत् की कौंध, जो 'चमक उठी' कहने के पहले ही छिप जाती है। प्रिय! नमस्कार! प्रेम की यह कलिका, वसंत के परिणतकारी उच्छ्वास से, अगली बार जब हम मिलेंगे, एक अपूर्व सुषमामय कुसुम बन जाएगी। नमस्कार, प्रिय! नमस्कार! मेरे हृदय की मधुर शांति और सांत्वना ही तुम्हारे हृदय में भी व्याप्त हो जाए।

रोमियो : तो क्या तुम मुझे ऐसा अतृप्त छोड़ जाओगी?

जूलियट : आज रात तुम्हें और क्या संतोष प्राप्त हो सकता है?

रोमियो : मेरी सच्ची प्रणय-प्रतिज्ञा तुम्हारे मुख से अपना प्रतिदान चाहती है।

जूलियट : वह तो मैंने तुम्हारी प्रार्थना से पूर्व ही सुना दी, पर चाहती हूं कि उसे फिर कभी के लिए रख छोड़ूं।

रोमियो : प्रिये? क्या उसे लौटा लोगी? आखिर क्यों?

जूलियट : स्पष्ट कहूं? तुम्हें फिर कभी देने को। जो मेरे पास है, उसीके लिए तो यह कामना है। समुद्र-सा विशाल है मेरा वरदान; उसी-सा गम्भीर है मेरा प्रेम! जितना तुम्हें देती हूं, उतना ही मेरे पास बढ़ जाता है, दोनों ही तो असीम हैं। मुझे भीतर कोई शब्द सुनाई पड़ता है। प्रिय! विदा।

[भीतर धाय की आवाज़ सुनाई देती है।]

आई! धाय मां! प्रिय मौन्टैग्यू! सच्चे रहना! तनिक ठहरो, मैं फिर आऊंगी।

[प्रस्थान]

रोमियो : आह वरदायिनी, मनोहारिणी रात्रि! मुझे डर लग रहा है, रात है न? कहीं यह सब स्वप्न ही न हो। यह सत्य हो जाए उसके लिए यह कितना मोहक और कितना मधुर है!

[जूलियट का ऊपर पुनः प्रवेश]

जूलियट : प्रिय रोमियो! बस तीन शब्द और फिर नमस्कार। यदि तुम्हारा प्रेम सम्मानित है, तुम्हारा ध्येय परिणय है, तो मैं जिसे तुम्हारे पास भेजूं उसके द्वारा कल मुझे संवाद भेजना। कहां, कब, किस समय विवाह होगा यह सब कहना और मैं अपना सारा भाग्य तुम्हारे चरणों पर वार दूंगी और मेरे स्वामी! तुम्हारे साथ सारे संसार में तुम्हारा अनुगमन करूंगी।

धाय : (नेपथ्य से) श्रीमती!

जूलियट : आई, अभी—किन्तु यदि तुम्हारी यह इच्छा न हो, तो मैं तुमसे प्रार्थना करती हूं...

धाय : (भीतर से) श्रीमती!

जूलियट : ठहरो! आती हूं। बात तुम्हारी छोड़ कर जाऊं, मेरी व्यथा मुझे घेरे। कल भेजूंगी।

रोमियो : मेरी आत्मा सशक्त हो...

जूलियट : सौ-सौ नमस्कार....

[प्रस्थान]

रोमियो : सौ-सौ दुर्भाग्य! तेरे आलोक के अभाव में! प्रेम प्रेम की ओर जाता है, जैसे शाला के विद्यार्थी पुस्तकों से दूर, परन्तु प्रेम प्रेम से हटता है, जैसे भारी हृदय से विद्यार्थी पुस्तकों की ओर।

[धीरे-धीरे चलता है। जूलियट का फिर ऊपर प्रवेश]

जूलियट : श! रोमियो! श-श! आह, वह बाज़ पालनेवाले की सी आवाज़ होती, जो अपने शिकरे को फिर लौटा लेती। बन्धन कितना कर्कश है कि एक शब्द भी ज़ोर से नहीं बोला जा सकता। अन्यथा मैं तो उस गृह को ही नष्ट-भ्रष्ट कर देती जहां प्रतिध्वनि छिपी रहती है और अपने रोमियो के नाम को बार-बार जपकर उसके वायव्य स्वर को अपने स्वर से भी अधिक भर्राया-सा बना देती! रोमियो!

रोमियो : यह तो मुझे मेरी ही प्रात्मा पुकार रही है? प्रेमियों की जिह्वा से रात में कितने रुपहले स्वर निकलते हैं, मानो ध्यानमग्न को संगीत की मीठी ध्वनि तन्मय कर देती है।

जूलियट : रोमियो!

रोमियो : प्रिये!

जूलियट : कल कितने बजे भेजूं तुम्हारे पास?

रोमियो : नौ बजे!

जूलियट : नहीं भूलूंगी। तब तक तो जैसे बीस वर्ष निकल जाएंगे। मैं तो भूल ही गई कि मैंने तुम्हें क्यों बुलाया था।

रोमियो : तो तुम याद करो, मैं तब तक खड़ा रहूंगा।

जूलियट : तुम रहोगे तो क्या याद आएगा? तुम्हारे पास रहने में ही तो मुझे सबसे बड़ा सुख है।

रोमियो : मैं खड़ा रहूंगा कि तुम भूलती रहो, इस घर के अतिरिक्त सबको भूल जाओ।

जूलियट : सुबह हो चली है। अब तुम जाओ। परन्तु दुश्चरित्रा के पक्षी की भांति, जो उसके हाथ से अधिक दूर नहीं जाता। उसके डोरी जो बंधी रहती है, वह तो बन्दी बना रहता है, रेशम की डोरी में बंधा, खिंची, खिंच गया; उसकी स्वतन्त्रता के प्रति इतनी ममत्वभरी ईर्ष्या!

रोमियो : आह, चाहता हूं, तुम्हारा वह विहंगम ही बन सकूं।

जूलियट : यही मैं चाहती हूं प्रिय! मैं तो तुम्हें प्यार में मार डालूंगी। नमस्कार! नमस्कार! विदा में कितना मीठा दर्द है, कल के लिए नमस्कार।

[प्रस्थान]

रोमियो : तुम्हारे नयनों में नींद आ बसे, हृदय में शान्ति। यदि मैं ही नींद और शान्ति होता तो कितनी सूखद सांत्वना देता। चलूं अपने पादरी धर्मपिता के निवास स्थान पर जाऊं। उसकी सहायता लूं और उसे अपने भाग्य का हाल सुनाऊं।

[प्रस्थान]

दृश्य 3

[फ्रायर लॉरेन्स का निवास-स्थान]

[फ्रायर लॉरेन्स का एक लटकती डलिया लिए हुए प्रवेश]

फ्रायर लॉरेन्स : क्रुद्ध रात्रि को ईषत् उज्ज्वल नेत्रों से देखता प्रभात मुस्करा रहा है। प्रकाश के बाणों से उसने प्राची के मेघों को शबलित कर दिया है। दिवस के पथ से उसने अंधकार को नशे में डूबे व्यक्ति जैसा धकेलकर सूर्य देवता के रथ के अग्निमय पहियों के लिए मार्ग स्वच्छ कर दिया है। इससे पहले कि ज्वलंत-नयन सूर्य आए और दिन को उत्फुल्ल करे और रात्रि के नीहारों का शोषण कर ले, मैं अपनी नरकुल की डलिया में यह उदास सरपत और बहुमूल्य मधुमय कुसुम भर लूं। पृथ्वी जिसकी प्रकृति जननी जैसी है, वही उसकी कब्र है। गर्भ ही शवधारक स्थान है, और उसके गर्भ से जन्म लेनेवाली विभिन्न प्रकार की संतान उसके प्राकृतिक वक्ष से दुग्धपान करती देखती हैं कि असंख्य अद्भुत गुण वर्तमान हैं। किसी न किसीके लिए कुछ गुण अवश्य हैं, फिर भी सबमें परस्पर भेद विद्यमान है। जड़ी, बूटी, पौधे, पत्थर आदि में महान शक्ति छिपी है और उनके वास्तविक गुण अचिंत्य हैं। ऐसा जघन्य पृथ्वी पर कौन है जो उसका कुछ विशेष उपकार न करता हो। न ऐसा कोई श्रेष्ठ ही है जो सत् कर्म की अति से, वास्तविक जन्म से विद्रोह कर, पाप में ठोकर खाकर नहीं गिर जाता। पुण्य ही पाप बन जाता है यदि उसका दुरुपयोग हो, और परिस्थिति-विशेष में पाप ही सम्माननीय बन जाता है। इस छोटे फूल की मामूम पांखुरी में विष रहता है और औषधि के रूप में शक्ति। घ्राण में यह समस्त तन्मात्राओं को उत्फुल्ल कर देता है। किन्तु इसका स्वाद लेते ही यह प्राणान्तक बन जाता है। ऐसे दो विरोधी सम्राट जड़ी-बूटी में ही नहीं मनुष्य में भी रहते हैं। एक श्रेयस है, दूसरी बर्बर इच्छा। जहां बुरे का आधान्य हो शीघ्र ही उस पौधे

को मृत्यु कुतर-कुतरकर खा जाती है।

[रोमियो का प्रवेश]

रोमियो : नमस्कार धर्मपिता!

फ्रायर लॉरेन्स : परमात्मा तुम्हारा मंगल करे! इतने भिनसारे यह किसका स्वर मेरा अभिनन्दन कर रहा है? तरुण वत्स! इतने शीघ्र तेरा शय्यात्याग तेरी व्याकुल मानसिक स्थिति का परिचय देता है। चिंता तो प्रत्येक वृद्ध के नयनों में अपना प्रहरी रखती है, वहीं स्वयं वह रहती है, तभी निद्रा का वहां कोई स्थान नहीं। किन्तु जहां स्वस्थ निर्मल युवक निश्छल मानस से लेटता है, वहीं स्वर्णिम निद्रा शासन करती है। तुम्हारा इतना शीघ्र जागना मुझे यही निश्चय दिलाता है कि तुम्हें कोई अकुलाहट है जिसने तुम्हें जगा दिया है। यदि ऐसा नहीं है तो मैं बिलकुल ठीक बात कहता हूं कि हमारा रोमियो आज रात अपनी शय्या पर गया ही नहीं।

रोमियो : यह अन्तिम बात ही सत्य है, मधुरतम विश्राम मैंने पाया है।

फ्रायर लॉरेन्स : परमात्मा पाप से रक्षा करे! क्या तू रोज़ालिन के साथ था?

रोमियो : रोज़ालिन के साथ? मेरे धर्मपिता! नहीं। उस नाम और उसकी व्यथा को मैं भूल चुका हूं।

फ्रायर लॉरेन्स : शाबाश मेरे अच्छे बेटे! पर तुम गये कहां थे?

रोमियो : आप और न पूछ पाएं', उससे पहले मैं ही बता देता हूं। मैं अपने शत्रु के यहां दावत खाने गया था। अचानक उसने मुझे घायल कर दिया, मैंने भी उसे घायल किया। हम दोनों का इलाज आपकी सहायता और ओषधि से ही हो सकता है। मुझमें कोई घृणा नहीं, यही प्रार्थना मेरे शत्रु[1] की भी है।

---

1. जूलियट : पारिवारिक शत्रु

फ्रायर लॉरेन्स : स्पष्ट कहो, वत्स! अपनी योजना प्रकट करो। पहेलियों के रूप में की गई स्वीकृति का फल भी पहेलियों जैसा होता है।

रोमियो : तब स्पष्ट सुन लें कि मेरे हृदय का बहुमूल्य प्रेम धनिक कैप्यूलैट की पुत्री में आश्रित हो गया है। जैसे मेरा है, वैसे ही उसका भी मुझमें आश्रित है। सब कुछ एक हो गया है, उसके अतिरिक्त आपको हमें पवित्र परिणय के एक सूत्र में बांधना है। हम कहां, कब और कैसे मिले, कैसे प्रेम हुआ, हमने शपथों का आदान-प्रदान कैसे किया, यह मैं अभी चलते हुए आपको बताऊंगा किन्तु मेरी प्रार्थना है कि आप हमारा विवाह करने की स्वीकृति दे दें।

फ्रायर लॉरेन्स : पवित्र सन्त फ्रान्सिस! कैसा परिवर्तन हो गया! क्या जिस रोज़ालिन से तुम इतना प्रेम करते थे, अब उसे भूल गए? तब तो तरुणों का प्रेम उनके हृदयों में नहीं, नयनों में होता है। ईसु मेरी! रोज़ालिन की स्मृति में तूने जाने कितने खारे आंसू बहाए थे! कितना खारा जल व्यर्थ बह गया प्रेम को पालने में, और उसका स्वाद तक न लिया! अभी तो तेरे उच्छ्वासों की धूमिलता को सूर्य आकाश से स्वच्छ भी नहीं कर सका है। मेरे पहले कानों में तेरी पूरातन कराहें अभी तक गूंज रही हैं। और लो! अब भी तेरे कपोलों पर उस पुरानी व्यथा का प्रतिनिधि—यह एक प्राचीन अश्रु विद्यमान है, अभी तक धुला नहीं है। यदि तू तू ही था और तेरी पीड़ा तेरी ही थी, तो तू और तेरी व्यथा तो रोज़ालिन के लिए थी! तो क्या अब तू बदल गया है? तब तो शीघ्र यही घोषणा करो कि जहां पुरुष में शक्ति-संयम नहीं है वहां स्त्री का शीघ्र पतन अवश्यंभावी है।

रोमियो : आप तो बहुधा मुझे रोज़ालिन से प्रेम करने के कारण डांटा करते थे?

फ्रायर लॉरेन्स : उस व्यर्थ कल्पनाशीलता के विरुद्ध था मैं, मेरे शिष्य! न कि उससे प्रेम करने के!

रोमियो : तो मैं उस बुरे प्रेम को दफनाए देता हूं।

फ्रायर लॉरेन्स : कब्र में नहीं, कि एक को वहां लिटाकर दूसरे को मन में बसा लिया जाए!

रोमियो : मैं विनती करता हूं, मुझे इतना न डांटें। जिसे मैं अब प्यार करता हूं, उसमें सम्मान के लिए सम्मान और प्रेम के लिए प्रेम है। पहली में यह कहां था?

फ्रायर लॉरेन्स : अरे, वह तेरा प्रेम खूब समझती थी, देखकर ही पढ़ लिया था उसने। चल अस्थिरहृदय! चल मेरे साथ। एक तरीके से मैं तेरी सहायता कर सकता हूं। यह मिलन सुखकर प्रमाणित हो और गृहस्थ-जीवन के प्रति तेरी घृणा विशुद्ध प्रेम में परिवर्तित हो जाए।

रोमियो : तो फिर चलिए? मुझे बड़ी आतुरता हो रही है।

फ्रायर लॉरेन्स : बुद्धिमत्ता से और धीरे ही कार्य करना चाहिए। तेज़ दौड़नेवाले ही ठोकर खा जाते हैं।

[प्रस्थान]

दृश्य 4

[पथ]

[बैन्वोलियो और मर्क्यूशियो का प्रवेश]

मर्क्यूशियो : यह कमबख्त रोमियो कहां चला गया? रात को वह घर तो नहीं गया?

बैन्वोलियो : नहीं, अपने पिता के तो नहीं गया। मैंने उसके. नौकर से पूछा था।

मर्क्यूशियो : अरे वही पत्थर-दिल पीली लड़की रोज़ालिन उसे घुला-घुलाकर पागल बनाये दे रही है। वह ज़रूर पागल हो जाएगा।

बैन्वोलियो : वृद्ध कैप्यूलैट के रिश्तेदार टाइबॉल्ट ने उसके पिता को एक पत्र भेजा है।

मर्क्यूशियो : यह तो कसम से चुनौती है।

बैन्वोलियो : रोमियो उसका जवाब देगा।

मर्क्यूशियो : जो भी लिखना जानता है, उसका जवाब दे सकता है।

बैन्वोलियो : नहीं, वह पत्र के स्वामी को उत्तर देगा कि उसने हिम्मत कैसे की, ऐसी चुनौती देकर!

मर्क्यूशियो : हाय, बेचारा रोमियो! वह तो मर गया समझो! उस गोरी की काली आंखों ने तो उसे पहले ही घायल कर रखा है। प्रेमगीतों के तीर ने उसके कान बेध रखे हैं। हृदय में गड़ा है अन्धे कामदेव का शर! क्या वह ऐसा आदमी है जो टाइबॉल्ट का मुकाबला कर सके?

बैन्वोलियो : क्यों टाइबॉल्ट ऐसा क्या है?

मर्क्यूशियो : वह शेर है, मैं कहता हूं। उसकी कितनी तारीफ की जाए उसकी हिम्मत का क्या पार पड़ता है? तुम प्रेमगीत गाओ वैसे तो वह लड़ता है; यह पीछे हटा, वह अन्दाज़। वह सांध, वह तुलाव, ज़रा नज़र बची, एक, दो और तीन पर तलवार सीने के आर-पार। असल कसाई है वह, द्वन्द्वयुद्ध का चतुर खिलाड़ी, अव्वल घराने का लड़का। उसके वार अमर हैं, पीछे फिरकर मारेगा कि चाक! फिर जय!

बैन्वोलियो : क्या?

मर्क्यूशियो : लानत ऐसे उच्चारण पर कि आधा खा ही गए इस नये फैशन में। 'ईसा की कसम! क्या तलवार है, क्या दीर्घाकार पुरुष है, क्या कटीली कुलटा है!' क्यों बड़े भाई, क्या यह अफसोस की बात

नहीं है कि हमारे चारों तरफ यह अजनबी मक्खियां मंडरा रही हैं, यह फैशनपरस्त, हर बात में- 'जी फिर इरशाद, समझा नहीं,' कहनेवाले लोग! रूप का इतना परिवर्तन कि पुरानी परिपाटी से उनका मेल ही नहीं बैठता! मौत घेर ले उन्हें, मौत!

[रोमियो का प्रवेश]

बैन्वोलियो : कांटे गिर गए, सूखी मछली-सा। साहबज़ादे! बिलकुल मछली-से हो गए। पैट्रार्क के इश्क की टक्कर बैठ गई। लौरा तो अपनी चहेती के सामने महज़ एक रसोईदारिन थी! लाहौल! फिर भी उसकी तुक का प्रेमी था तो! डिडो थी सुस्त। क्लियोपैट्रा कंजरिया। हेलेन और हेरो थीं छिनाल और बदचलन। थिस्बी थी भूरी आंखों की, पर मतलब की न थी वह भी। श्रीमन्त रोमियो! बॉन और! फ्रेंच में नमस्कार करता हूं आपकी यह ढीली फ्रेंच पतलून देखकर। रात तो खूब चकमा दिया।

रोमियो : प्रणाम करता हूं दोनों को! मैंने क्या चकमा दिया?

मर्क्यूशियो : तराट, जनाब! तराट! आपको याद नहीं? घिस्सा!

रोमियो : माफ करना मेरे अच्छे मर्क्यूशियो! मेरा मामला ज़रा गहरा था। ऐसे मामलों में मुझ जैसे आदमी से शराफत में बट्टा भी लग सकता है।

मर्क्यूशियो : आपका मतलब है कि आप जैसे आदमी से कस्बे में ऊलजलूल बातें भी हो जाएंगी।

रोमियो : मेरा मतलब शराफत से था।

मर्क्यूशियो : बड़ी मेहरबानी से आपने निशाना साध ही डाला।

रोमियो : क्या लाजवाब तरीका है बात खोलने का।

मर्क्यूशियो : अजी शराफत का गहना तो मैं ही हूं।

रोमियो : फूलों की गुलाबी भी कहती है।[1]

---

1. यहां Pink का दुहरा अर्थ है, जो हिन्दी में मैंने दूसरे रूप में दिया है।

मर्क्यूशियो : क्या बात है?

रोमियो : देखो मेरा पम्प जूता, हैं न इसपर फूल जैसे छेद!

मर्क्यूशियो : खूब कहा! अब मेरे मज़ाक को समेटिए। आपका जूता जब चल चुके, एक तला भी घिस जाए, मज़ाक भले रह जाए, पर पहनकर क्या बचेगा, इकले के इकले।

रोमियो : यह एक तले का मज़ाक अच्छा रहा। एक वचन के लिए बिलकुल एक वचन।

मर्क्यूशियो : हमारे बीच बोलो मेरे अच्छे बैन्वोलियो! मेरी चतुराई तो धुंधली पड़ती जा रही है।

रोमियो : लगाओ सहारा। उठाओ। मारो एड। वर्ना फिर मैं चिल्लाता हूं—खिलाड़ी आए सामने!

मर्क्यूशियो : नहीं, अगर तुम्हारी अक्ल बावला बत्तख बनकर दौड़ रही है, तो मैं हो चुका। क्योंकि तुम्हारी हर इन्द्रिय-चेतना में बावले बत्तख की अक्ल भरी है, जबकि मेरी पांचों इन्द्रियों तक में वह जोड़ नहीं बैठता। क्या मैं वहां तुम्हारे साथ मूर्ख जंगली बत्तख के लिए गया था?

रोमियो : अगर मूर्खता के लिए तुम न थे, तो तुम किसीके भी लिए मेरे साथ न थे।

मर्क्यूशियो : इस मज़ाक के लिए मैं तुम्हारा कान काट खाऊंगा।

रोमियो : अरे नहीं प्यारे बत्तख! काटना नहीं।

मर्क्यूशियो : तेरी अक्ल बड़ी खटमिट्ठा सेब है, क्या मसालेदार है तीखी!

रोमियो : और क्या न यह प्यारे बत्तख को निहायत उम्दा तरीके से परोसी गई है?

मर्क्यूशियो : यह बकरी के बच्चे की सी अक्ल! यों ज़रा-सी, उसकी नरम खाल-सी, यों फैल जाएगी।

रोमियो : फैल, शब्द के लिए यों मैं बात फैलाता हूं, जिसका मतलब होता है, फैला हुआ बत्तख !

मर्क्यूशियो : बोलो ! उन इश्क की कराहों से क्या यह बेहतर नहीं ? अब हो तुम समाज के योग्य, अब हो तुम रोमियो ! तुम वह हो जो थे, हुआ करते थे। कला से भी, प्रकृति से भी, वही हो अब। यह निचोड़ लेनेवाला प्रेम तो सब कुछ बहा देता है। जरा-से सूराख में ऊपर-नीचे करके सबको आंख मिचौनी-सी में डाल देता है, झकझोरकर। प्रेम स्वयं मूर्ख है।

बैन्वोलियो : यहीं रुक जाओ। बस, बस।

मर्क्यूशियो : क्या इस खरगोश का किस्सा यहीं खत्म कर दूं ? यही चाहते हो ?

बैन्वोलियो : वर्ना तुम्हारे किस्से का कभी खात्मा ही नहीं होगा।

मर्क्यूशियो : ओ तुम धोखा खा गए ! मैं तो योंही ज़रा-से में सब कह देता। मुझे तो अपने किस्से की असली गहराई में उतरना था, और मतलब ही यह था कि अपनी बात को कम से कम में कह डालूं।

रोमियो : लो कोई अच्छी बात होनेवाली है।

[धाय और पीटर का प्रवेश]

मर्क्यूशियो : पाल ! जहाज़ का पाल दीख रहा है !

बैन्वोलियो : दो, दो ! एक कमीज़, एक ज़नानी कमीज़।[1] दो आ रहे हैं।

धाय : पीटर !

पीटर : जी !

धाय : मेरा पंखा देना पीटर !

मर्क्यूशियो : अच्छे पीटर, उसका चेहरा ढंकने के लिए पंखा दो, क्योंकि इन दोनों में उसका पंखा ज़्यादा खूबसूरत है।

1. अर्थात् एक मर्द एक औरत

धाय : नमस्कार, सज्जनो! सुन्दर प्रभात है।

मर्क्यूशियो : सांझ हो गई श्रीमती! नमस्कार।

धाय : अब सांझ है?

मर्क्यूशियो : क्या देर है? सच कहता हूं। घड़ी की फूहड़ सूई अब दुपहर तक तो पहुंच ही चुकी।

धाय : धिक्कार है तुम्हें! क्या आदमी हो तुम!

रोमियो : श्रीमती, ये वे हैं जिन्हें भगवान ने अपने-आपपर कालिख लगाने को बनाया है।

धाय : कसम से, बहुत अच्छा कहा—आपने-आपपर कालिख लगाने के लिए सज्जन! क्या आपमें से मुझे कोई बता सकते हैं, तरुण रोमियो कहां मिलेंगे?

रोमियो : मैं बता सकता हूं। जब आप तरुण रोमियो को ढूंढ़ने निकली थीं तब से तो अब उसकी आयु कुछ बढ़ी ही होगी। आप उसे जब तक मिलेंगी तब तक बुढ़ापा उसके और पास आ चुकेगा। इस नाम का सबसे अधिक तरुण इस समय तक तो मैं ही हूं। यही मेरा अपराध है।

धाय : खूब बोलते हो।

मर्क्यूशियो : हां, बुरा भी भला हो गया। आपने मेरी बात को खूब लिया, कसम से, बड़ी अक्लमंदी दिखाई आपने!

धाय : यदि श्रीमन्त, आप वही हैं तो मुझे आपसे एकान्त में कुछ कहना है।

बैन्वोलियो : वह उसे दावत पर आने को ज़ोर देगी।

मर्क्यूशियो : एक कुटनी है! कुटनी! वाह-वाह!

रोमियो : तो क्या तुम पहचान गए?

मर्क्यूशियो : खरगोश नहीं है, जनाब, कोई जो बेवकूफ हो! न कोई बूढ़ा ही जो व्रतपरायण मिलावट में उलझा हुआ हो।

[गाता है।]

एक श्वेत खरगोश
हां हां श्वेत खरगोश
व्रत में होता है जी, गोश्त लाजवाब!
पर जो है बुड्ढा खरगोश
उसकी उम्र का न छोर
होता बुड्ढा खत्म होने के ही पहले जनाब!

रोमियो! अपने पिता के घर चलोगे? वहीं खाना होगा हमारा।

रोमियो : मैं तुम्हारे पीछे आता हूं।

मर्क्यूशियो : विदा! प्राचीन श्रीमती विदा।

[गाता है।]

श्रीमती, श्रीमती, श्रीमती...

[मर्क्यूशियो और बैन्वोलियो का प्रस्थान]

धाय : मेरी[1]! विदा! कैसी मुसीबत का पुतला था यह! कौन था?

रोमियो : धाय! वह एक सज्जन है। अपनी ही बात सुनाने का बहुत शौकीन। एक मिनट में वह उतना बोल जाएगा जितना महीने-भर में भी नहीं सुनेगा।

धाय : और जो मेरे बारे में कुछ बोला तो ठीक कर दूंगी। बड़ा रंगीला बनता है, तो मैंने ऐसे बीसियों देखे हैं। मैं न कर सकी तो मेरे पास ऐसे हैं, जो दुरुस्त कर दें। लुच्चा! गुण्डा! मैं कोई इसकी छबीली छोकरी हूं, या कोई चमको हूं? (पीटर से मुड़कर) और तू भी पास खड़ा रहा और ऐरे-गैरे गुण्डे की मर्ज़ी पर मुझे छोड़ दिया कि वह जो चाहे कर जाए!

पीटर : मैंने किसीको अपनी मर्ज़ी से तुमसे कुछ करते नहीं देखा। और जो देख लेता, तो मेरा हथियार तुरन्त निकल पड़ता! सच

1. ईसा मसीह की माता

कहता हूं, किसी भी मर्द की तरह तलवार खींच सकता हूं अगर लड़ाई का अच्छा मौका हो और कानून मेरी तरफ हो।

धाय : हे भगवान! मैं कितनी गुस्सा हो गई हूं कि मेरी रग-रग फड़क रही है। नीच गुण्डा! हां श्रीमान! एक बात कहनी है, और जैसाकि मैं कह चुकी हूं, मेरी तरुण मालकिन ने आपसे पुछवाया है, उन्होंने मुझसे क्या कहा है आपसे कहने को, वह तो अभी मुझ तक ही रहेगा, पर पहले मुझे यह बताइए कि अगर आप उन्हें मूर्खों के स्वर्ग में पहुंचा रहे हैं; कहते हैं न, ऐसा बर्ताव अच्छा नहीं होता; कहते हैं न, उनकी अभी उम्र बहुत कम है, इसलिए, अगर आपने उनसे दुतरफा चाल खेली, सच, यह तो किसी शरीफ औरत के साथ बेहद बुरा बर्ताव होगा और निहायत लचर किस्म का रिश्ता ठहरेगा।

रोमियो : धाय! अपनी मालकिन को मेरा संवाद देना, मैं तुम्हारा विरोध करता हूं—

धाय : शाबाश! कसम से! मैं उनसे यह ज़रूर कहूंगी। समझ रहे हैं? वह तो बड़ी खुश होंगी!

रोमियो : क्या कहोगी तुम धाय! उनसे? अभी सुना भी तो नहीं!

धाय : यही कहूंगी श्रीमान कि आप विरोध करते हैं और बिलकुल शरीफों का सा काम है यह, मेरी समझ में।

रोमियो : उन्हें कहना कि किसी तरकीब से वे आज दुपहर ढले पादरी के पास पहुंच जाएं। और वहां फायर लॉरेंस के यहां संस्कार-सहित हमारा विवाह हो जाएगा। तुम्हारे कष्ट के लिए यह पुरस्कार है।

[इनाम देता है]

धाय : नहीं, सच, नहीं, एक कौड़ी भी नहीं

रोमियो : बस वोलो मत। मैं कहता हूं तुम्हें लेना पड़ेगा।

धाय : आज दुपहर ही श्रीमान! अच्छी बात है, वे पहुंच जाएगी वहीं।

रोमियो : अच्छी धाय मां। ज़रा मठ की दीवार के पीछे रुकना, अभी कुछ देर में मेरा आदमी तुम्हें वहां मिलेगा और वह तुम्हें एक रस्सियों की सीढ़ी देगा, जो मेरे हर्ष को चरम सीमा तक पहुंचाने में रहस्यमयी रात्रि में मेरी रक्षक बनेगी। विदा। विश्वासपात्र रहना; मैं तुम्हारे कष्टों का उचित पुरस्कार दूंगा। विदा। अपनी स्वामिनी को मेरा संवाद देना।

धाय : परमात्मा आपको आशीर्वाद दे! सुनते हैं श्रीमान!

रोमियो : क्या कहती हो मेरी अच्छी धाय मां?

धाय : क्या आपका आदमी विश्वसनीय है? गुप्त है? क्या आपने नहीं सुना, दो में बात गुप्त रहती है, तीसरे में नहीं?

रोमियो : मैं विश्वास दिलाता हूं। मेरा सेवक फौलाद-सा सच्चा है।

धाय : अच्छी बात है श्रीमान! मेरी स्वामिनी भी सर्वश्रेष्ठ है। हे भगवान, हे भगवान! जब वह छोटी-सी थी—ओ! नगर में एक कुलीन है, एक; नाम है पैरिस, वह उसे हड़पना चाहता है, लेकिन वह बेचारी, उससे तो एक मेंढक को देखना ज़्यादा पसन्द करती है। मैं कभी-कभी उसे नाराज़ कर देती हूं और कहती हूं कि पैरिस ही सबसे उचित और योग्य वर है, तो सच कहती हूं, जब मैं ऐसा कहती हूं न? पीली पड़ जाती है मालकिन, जैसे वह संसार का सबसे भद्दा प्राणी हो! क्यों? रोज़मेरी[1] और रोमियो दोनों का ही प्रारम्भ 'र' से होता है न? 'र' अक्षर से?

रोमियो : हां धाय! उससे क्या हुआ! दोनों का 'र' से प्रारम्भ होता है।

---

1. रोज़मेरी-एक जड़ी-बूटी, जिसका प्रयोग ईसाइयों में विवाह के समय होता था; इसका प्रयोग शव-संस्कार के समय भी किया जाता था।

धाय : वाह! क्या मज़ाक है! वह तो कुत्ते का नाम है, 'र' से... नहीं, मैं जानती हूं उसका तो किसी और अक्षर से प्रारम्भ होता है—पर उनके पास तो एक बड़ा मधुर सूत्र बन गया है, आपका और रोज़मेरी का। आप सुनेंगे तो खुश हो जाएंगे।

रोमियो : अपनी मालकिन से मेरे बारे में कहना।

धाय : हज़ार बार! हज़ार बार।

[रोमियो का प्रस्थान]

पीटर!

पीटर : जी!

धाय : पीटर, मेरे पंखे को लो और आगे-आगे चलो, जल्दी! जल्दी!

[प्रस्थान]

दृश्य 5

[कैप्यूलैट का उपवन]

[जूलियट का प्रवेश]

जूलियट : जब मैंने धाय को भेजा था तब नौ बजे थे, उसने आध घंटे में लौटने का वायदा किया था। शायद वह उनसे मिल नहीं सकी, पर यह बात नहीं है। अरे! वह तो लंगड़ी है। प्रेम का दूतत्व विचार जैसी वस्तु को करना चाहिए। विचार ही उसका संदेश ले जाने के योग्यतम पात्र हैं, जो सूर्य-किरणों से भी दसगुना तेज़ी से चलते हैं, पर्वतों के ढालों पर छायाओं को भी पीछे छोड़ते हुए निकल जाते हैं। तभी कोमल पंखवाले पक्षी प्रेम के वाहन हैं और इसीलिए कामदेव के पवन-वेगवाले पंख हैं। सूर्य दिन की यात्रा में सर्वोच्च पर्वत-शिखर पर चढ़ गया है, और नौ से

बारह तक कितने लम्बे तीन घंटे होते हैं। पर वह अभी तक नहीं आई है। यदि उसमें प्रेम होता और होता ऊष्ण तरुण रक्त, तो वह उतनी ही क्षिप्रगति होती जैसी कन्दुक होती है। मेरे शब्द उसे मेरे प्रियतम के पास तुरन्त ले जाते और उनके मेरे पास। परन्तु वृद्ध लोग, कई तो ऐसे बन जाते हैं जैसे मुर्दे हों; भारी, धीमे, गतिहीन, पीले, सीसे जैसे भारी।

[धाय का पीटर के साथ प्रवेश]

हे भगवान! वह आ गई! मेरी प्यारी धाय! क्या संवाद है? क्या तुम उनसे मिलीं? अपने नौकर को भेज दो।

धाय : पीटर द्वार पर खड़े होओ।

[पीटर का प्रस्थान]

जूलियट : अब मेरी प्यारी धाय! हे भगवान! इतनी उदास क्यों दिखती हो? भले ही संवाद बुरा हो, पर प्रसन्नता से कह डालो; अच्छा ही हो, तो उस शुभ संदेश की मधुमय तान को ऐसे उदास मुख से कहकर तुम उसे धिक्कार दोगी। सच!

धाय : मैं थक गई हूं। ज़रा मुझे चैन लेने दो! छि:! मेरी हड्डियों तक में कैसा दर्द हो गया है। उफ! मैं तो रग-पुट्ठों में ऐसी हिल गई हूं इस यात्रा में।

जूलियट : तू मेरी हड्डियां ले ले, मुझे अपनी खबर सुना दे। नहीं न! बोल न! कब से कह रही हूं। सुना न? अच्छी धाय मां! मेरी अच्छी धाय मां! बोलो न?

धाय : हे ईसा मसीह! कैसी आतुरता है! ज़रा रुक नहीं सकतीं? देखती नहीं, मेरी सांस भी नहीं जुड़ पा रही है।

जूलियट : कैसे नहीं जुड़ती! जब तुममें यह कहने की सांस जुड़ गई कि सांस नहीं जुड़ पा रही है तो यह झूठ है। इस देरी के लिए जो बहाने तुम करती हो, वह उस कहानी से कहीं लम्बे हैं जो तुम अब

कहनेवाली हो! अच्छा, तुम्हारी खबर अच्छी है या बुरी? इसका तो उत्तर दे दो! कह दो न! एक बार बता दो! मैं समझकर रुक जाऊंगी। इतनी तो तसल्ली दे दो मुझे! अच्छी है या बुरी?

धाय : लो तुमने तो सादा चुनाव कर दिया। तुम आदमी चुनना भी नहीं जानतीं! रोमियो! नहीं! यह नहीं! भले ही उसका चेहरा औरों से अच्छा हो, पर उसके पाँव कितने बड़े हैं। उसके हाथ, पांव, शरीर, भले ही उनपर बात न की जाए, वे तो अतुलनीय हैं। वह शराफत का फूल नहीं, मैं तो उसके बारे में कहती हूं, मेमने जैसा सीधा है वह! चलो, अपने रास्ते छोकरी! भगवान की सेवा करो! क्या तुमने घर से खाना खा लिया?

जूलियट : नहीं, नहीं, पर यह सब मैं पहले ही जानती थी। हमारी शादी के बारे में वे क्या कहते हैं? उसके बारे में बताओ।

धाय : हे भगवान! मेरे सिर में कैसा दर्द हो रहा है! मेरा सिर भी कैसा है! ऐसा बज रहा है जैसे इसके बीस टुकड़े हो जायेंगे। हाय मेरी पीठ! हाय मेरी पीठ! कोसती हूं तुम्हारे दिल को जिसने मुझे भेजा। ऊपर-नीचे चढ़ते-उतरते मैं तो मर गई!

जूलियट : सच, मुझे बड़ा दुःख है कि तुम्हें इतना कष्ट हुआ। प्यारी धाय! मेरी प्यारी धाय! बताओ न! मेरे प्रिय ने क्या कहा है?

धाय : तुम्हारे प्रिय ने कहा है, एक ईमानदार शरीफ आदमी की तरह, अदब-कायदे से, बड़ी नर्मी से, वह खूबसूरत तो है ही, मैं कहती हूं, बड़ा अच्छा आदमी है—तुम्हारी माता कहां हैं?

जूलियट : मेरी माता कहां है? क्यों? वे भीतर हैं? और कहां होंगी वे? क्या अजीब जवाब देती हो तुम भी! तुम्हारे प्रिय ने कहा है, एक ईमानदार शरीफ आदमी की तरह—तुम्हारी माता कहां हैं?

धाय : हे भगवान! मेरी मालकिन! मेरी श्रीमती! इतनी नाराज़ क्यों होती हो! मेरी! धीरज धरो! सुनो, मैं सोचती हूं शायद मेरी दुखती हड्डियों के लिए तुमने यही पुल्टिस तैयार किया है! अब आयन्दा अपना संदेश आप ही पहुंचा लेना।

जूलियट : कैसी गड़बड़ हो गई है। रोमियो ने क्या कहा है?

धाय : क्यों, तुम्हें पादरी के पास जाने की आज्ञा मिल गई आज?

जूलियट : हां।

धाय : तो तुम शीघ्र फ्रायर लॉरेन्स के निवास स्थान पर जाओ और वहां एक पति तुम्हें पत्नी बनाने की प्रतीक्षा कर रहा है। अब आई तुम्हारे गालों पर सुर्खी! किसी भी खबर पर अब तो वे लाल-लाल हो उठेंगे। गिरजे को जाओ जल्दी! मुझे दूसरे रास्ते जाना है, एक सीढ़ी लाने, जिसके द्वारा तुम्हारा प्रिय जब अंधेरा हो जाएगा तब अपनी चिड़िया के घोंसले में चढ़ आएगा। मैं हूं जो खटती हूं, तुम्हारी खुशी के लिए मरती हूं, पर तुम भी रात को जल्दी ही बोझा ढोओ। जाओ! मैं खाना खाती हूं। तुम तुरन्त पादरी के निवासस्थान पर चली जाओ।

जूलियट : शीघ्र जाती हूं भाग्योदय की ओर! मेरी अच्छी धाय! विदा।

[प्रस्थान]

दृश्य 6

[फ्रायर लॉरेन्स का निवासस्थान]

[फ्रायर लॉरेन्स और रोमियो का प्रवेश]

फ्रायर लॉरेन्स : परमात्मा की इस कार्य पर ऐसी दया हो कि बाद में वेदना हमें पीड़ित न करे।

रोमियो : आमीन! आमीन! चाहे जो दुःख आए, वह इस आनन्द से तुलनीय नहीं होगा, जो मुझे उसके दर्शन में एक छोटे-से मिनट में प्राप्त होता है। पवित्र शब्दों से तुम हमारे हाथों को मिला दो, तब प्रेमग्रासी मृत्यु कुछ भी कर ले, कौन चिन्ता करता है! बस मेरे लिए यही काफी है कि उसे मैं अपनी कहकर पुकार सकूं।

फ्रायर लॉरेन्स : ऐसे आतुर और वेगवान आनन्दों का अन्त भी ऐसा ही आतुर और वेगवान होता है। वे अपनी विजय में नष्ट हो जाते हैं, जैसे अग्नि और बारूद एक-दूसरे को चूमते ही विनष्ट हो जाते हैं। अत्यन्त मीठा मधु भी अपनी ही सुस्वादुता में जघन्य है, और क्षुधा को अपने स्वाद से नष्ट कर देता है। अतः प्रेम भी करो तो साधारण रूप से, दीर्घजीवी प्रेम का यही नियम है। अति गतिवान का अन्त अत्यन्त धीमा हो जाता है।

[जूलियट का प्रवेश]

लो श्रीमती आ गईं। ओह! ऐसा चपल पग कभी भी अमर ज्वाला को न झेल सकेगा। हो सकता है प्रेमी वसंत के यायावर अलसाए टिड्डे के पास से भले ही निकल जाय, पर वह पतित हो जाए यह आवश्यक नहीं है। ऐसा है मनुष्य का तुच्छ अहंकार।

जूलियट : मेरी पाप-पुण्य-स्वीकृति को सुननेवाले धर्मगुरु! प्रणाम!

फ्रायर लॉरेन्स : रोमियो तुम्हें धन्यवाद देगा, पुत्री! हम दोनों के लिए वह कृतज्ञता का अनुभव करेगा।

जूलियट : उन्हें भी धन्यवाद। कहीं वे अति न कर दे।

रोमियो : आह! जूलियट! यदि तुम्हारा हर्ष मेरे हर्ष की भांति संचित हो जाए, ढेर-ढेर, और चातुर्य उसकी और अधिक घोषणा करे, तो अपनी मधुर श्वास से यहां की वायु को सुगन्धित कर दो और संगीत के बहुमूल्य स्वर से हमारी आनन्दमय कल्पना का सुख मुखरित होने दो। ताकि हम दोनों इसमें पारस्परिक आनन्द प्राप्त कर सकें।

जूलियट : अभिमान! वह शब्दों से भी अधिक धनी है! वह अपना मोल बढ़ाकर लगाता है, सच्चे आभूषण का नहीं। वे ही भिखारी हैं जो अपनी सम्पत्ति को आंक लेते हैं। परन्तु मेरा सच्चा प्रेम इतना विशाल हो गया है कि अपने कोष की आधी सम्पत्ति को भी अब मैं नहीं आंक सकती।

फ्रायर लॉरेन्स : आओ, मेरे साथ चलो! हम यह काम जल्दी ही कर डालें क्योंकि तुम्हें इसकी आज्ञा नहीं है कि जब तक पवित्र गिरजा तुम दोनों को एक न कर दे, तुम एकान्त में रह सको।

[प्रस्थान]

तीसरा अंक

दृश्य १

[एक सार्वजनिक स्थान]

[मर्क्यूशियो, बैन्वोलियो, उसके विशेष सेवक और अन्य नौकरों का प्रवेश]

बैन्वोलियो : मैं विनती करता हूं मर्क्यूशियो, चलो चलें। अब दिन गर्म हो चला है, कैप्यूलैट निकट ही है। अगर कोई मिल गया तो झगड़ा ज़रूर होके रहेगा। तुम जानो इन गर्म दिनों में खून में वैसे ही तेज़ी पैदा हो जाती है।

मर्क्यूशियो : तुम तो उन लोगों में से हो जो सराय में जाएंगे मेरे साथ तो मेज़ पर तलवार खटखटाकर कहेंगे : भगवान करे मुझे तेरी कोई ज़रूरत न पड़े, और दूसरा प्याला पीते ही साकी पर तलवार खींच लोगे जबकि उसकी वहां कोई ज़रूरत नहीं होगी।

बैन्वोलियो : अच्छा, मैं ऐसा आदमी हूं?

मर्क्यूशियो : इटली में तुम जैसा तेज़ मिज़ाज आदमी शायद ही हो, एकदम चिंता में पड़ जाएगा फिर गुस्सा।

बैन्वोलियो : और कुछ बोल दो।

मर्क्यूशियो : ऐसे दो हों तो एक भी न रहे, क्योंकि दोनों ही एक-दूसरे को मार डालें। तुम! महज़ इसीपर किसी आदमी से झगड़ सकते हो कि उसकी दाढ़ी में तुम्हारी दाढ़ी से एक बाल ज़्यादा या कम क्यों है! तुम तो किसीको कड़े फल को तोड़ते देखकर इसी बात पर लड़ सकते हो कि तुम्हारी आंखें ललाई लिए भूरी-भूरी-सी हैं, और

ऐसी आंख कहीं झगड़ा मोल न लेगी? अण्डे में भरे कचरे की तरह तुम्हारे सिर में तो झगड़े ही झगड़े भरे पड़े हैं, हालांकि तुम्हारे सिर की सड़े अण्डे की तरह घुटाई-पिटाई हो चुकी है। तुम एक आदमी से सड़क पर इसीलिए लड़ चुके हो कि वह खांस क्यों रहा था जिसकी वजह से तुम्हारा धूप में सोता कुत्ता जाग उठा था। ईस्टर के त्योहार से पहले उरोवस्त्र पहनकर निकलनेवाले दर्ज़ी को तुमने मारा-पीटा। एक से तुम इसलिए उलझ गए कि उसने पुराने फीते से नये जूते क्यों बांधे! और फिर तुम सबक दे रहे हो कि मैं झगड़ा न करूं?

बैन्वोलियो : अरे तुम्हारा मुकाबला मैं क्या करूंगा! घंटे डेढ़ घंटे को मेरी ज़िन्दगी सारी कुर्बान है इसी शर्त पर!

मर्क्यूशियो : कुर्बान! क्या बात है?

[टाइबॉल्ट तथा अन्यों का प्रवेश]

बैन्वोलियो : मेरे सर की कसम, कैप्यूलैट आ गए।

मर्क्यूशियो : अरे मेरे जूते की बला से, मैं क्या परवाह करता हूं!

टाइबॉल्ट : मेरे पीछे आओ! मैं उनसे बातें करूंगा। नमस्कार! सज्जनो! आपमें से एक से एक बात कहना चाहता हूं।

मर्क्यूशियो : हममें से एक से एक बात? और कुछ जोड़िए इसमें। एक शब्द या एक बार!

टाइबॉल्ट : मौका दीजिए श्रीमान! दोनों के लिए आप मुझे योग्य पाएंगे।

मर्क्यूशियो : बिना दिए क्या आप स्वयं कोई मौका नहीं ले सकते?

टाइबॉल्ट : मर्क्यूशियो! तुम रोमियो के संगी हो।...

मर्क्यूशियो : संगी! यह संगत क्या? हम क्या गवैये हैं? और अगर तुमने हमें गवैया बनाया तो याद रखो, बड़े बेसुरे रहेंगे हम। यह

है मेरा बेला बजाने का गज़, यही तुम्हें नचाएगा। लाहौल बिला कूवत! संगी!

बैन्वोलियो : हम यहां एक सार्वजनिक स्थान में बातें कर रहे हैं। या तो कहीं एकान्त में चलिए, या अपनी नाराज़गियों पर ठंडे दिमाग से बातचीत कीजिए। या अलग होइए। यहां हमें सब लोग देख रहे हैं।

मर्क्यूशियो : आदमियों की आंखें बनी ही इसलिए हैं कि देखें, देखने दो उन्हें। मैं किसीकी खुशी के लिए यहां से इंच-भर भी नहीं हटूंगा।

[रोमियो का प्रवेश]

टाइबॉल्ट : आप लोग शान्त रहें। मुझे जिसकी तलाश थी वह आ गया। मेरा आदमी आ गया।

मर्क्यूशियो : पर वह तुम्हारी चाल में आ जाए तो टांग से निकल जाऊंगा श्रीमान! पहले मैदान में लड़ने चलो, वह तुम्हारे पीछे आएगा। वर्ना वह पीछे कभी नहीं आएगा। हुज़ूर इस मानी में चाहें तो उसे आदमी कह लें।

टाइबॉल्ट : रोमियो! तुम्हारे लिए मेरे मन में जो प्यार है उससे मैं यही कह सकता हूं कि तुम नीच हो।

रोमियो : टाइबॉल्ट! ऐसे स्वागत में जो क्रोध तुम्हें है वह मेरे लिए यह देखते हुए क्षम्य है कि उसके पीछे एक और कारण है। मैं जानता हूं तुम मुझे नहीं चाहते।

टाइबॉल्ट : लड़के! जो घाव तुमने मेरे किए हैं, वे इससे नहीं जाएंगे, आओ तलवार खींचो।

रोमियो : मैं विरोध करता हूं, मैंने कभी तुम्हें घायल नहीं किया। मैंने तो तुम्हें इतना प्यार किया है जितना तुम सोच भी नहीं सकते। तुम उस प्रेम का कारण नहीं जानते। प्रिय कैप्यूलैटइस नाम को मैं इतना

ही प्यार करता हूं जितना अपने नाम को—अब संतोष ग्रहण करो।

मर्क्यूशियो : धिक्कार है यह विनीत, कायर, अपमानित, नीच समर्पण! खड्ग का एक घात इसे दूर कर देगा। टाइबॉल्ट! ओ चूहों के शिकारी! चल मेरे साथ।

[तलवार खींचता है।]

टाइबॉल्ट : अच्छा मुझसे टकराएंगे?

मर्क्यूशियो : ओ बिल्लियों के राजा! तुम्हारी नौ ज़िन्दगियों में से एक को छोड़कर आठ को ठीक कर दूंगा। अपनी तलवार का कान पकड़कर उसे म्यान से बाहर खींच लो। वर्ना मेरी तलवार पहले ही तुम्हारे कानों पर न घहरा उठे। जल्दी करो।

टाइबाल्ट : अरे मैं तेरे लिए तैयार हूं।

[तलवार खींचता है]

रोमियो : ओ विनम्र क्र्यूशियो! तलवार नीची करो!

मर्क्यूशियो : अरे आइए जनाब, पहले वार करिए।

[लड़ते हैं]

रोमियो : बैन्वोलियो, खड्ग खींचो! इनके हथियार गिरा दो। भाइयो! धिक्कार है! इस क्रोध को रोको! टाइबॉल्ट! मर्क्यूशियो! शासक राजकुमार ने स्पष्ट रूप से आज्ञा दी है कि वेरोना के पथों पर ये झगड़े न किए जाएं! रुको टाइबॉल्ट! मेरे मर्क्यूशियो!

[टाइबॉल्ट रोमियो की बांह के नीचे से मर्क्यूशियो के खड्ग भोंक देता है और अपने नौकरों के साथ भाग जाता है।]

मर्क्यूशियो : उफ, मैं घायल हो गया हूं। तुम दोनों के घराने का सर्वनाश हो! मैं बीत चुका। क्या वह निकल गया? अछूता ही?

बैन्वोलियो : अरे, क्या तुम चोट खा गए?

मर्क्यूशियो : अरे, एक खराश है, एक खरोंच! आह, यही काफी

लगी। मेरा सेवक कहां है! अरे बेवकूफ! दौड़कर डाक्टर को ले आ।

[विशेष सेवक का प्रस्थान]

रोमियो : हिम्मत रखो। चोट बड़ी नहीं हो सकती।

मर्क्यूशियो : नहीं, कुएं जितनी गहरी तो नहीं है, न गिरजे के दरवाज़े-सी चौड़ी है। पर काफी है। यह असर दिखाएगी। कल मुझे ढूंढ़ोगे तो कब्र में मिलूंगा! सच मैं संसार के लिए समाप्त हो चुका। तुम दोनों के घरानों का सर्वनाश हो! लाहौल! एक कुत्ता, एक चूहा, एक बिल्ली आदमी को मौत की तरफ खरोंच दे! वह अहंकारी, बदमाश, लुच्चा, वह तो मानो हिसाब की किताब लेकर लड़ता है, नपा-तुला, वार पर वार........एक, दो... तुम हम दोनों के बीच क्यों आए? तुम्हारी भुजा के नीचे ही मेरे घाव लगा है।

रोमियो : मैंने तो भले की ही कोशिश की थी।

मर्क्यूशियो : बैन्वोलियो! मुझे किसी घर में पहुंचा दो। नहीं तो मैं बेहोश हो जाऊंगा। तुम दोनों के घरानों का सत्यानाश हो जाए! अब मुझे कीड़ों का भोजन बना दिया गया है। खूब पाया मैंने, तुम्हारे घराने!

[मर्क्यूशियो और बैन्वोलियो का प्रस्थान]

रोमियो : यह कुलीन! राजकुमार का निकट मित्र, मेरा प्रिय मित्र, इतना भीषण घाव मेरे कारण खा गया। मेरा यश टाइबॉल्ट के लांछन से दूषित हो गया था—टाइबॉल्ट, घंटे-भर पहले मेरा नातेदार बना। ओ प्रिय जूलियट! तुम्हारे रूप ने मुझे स्त्रैणा बना दिया है, मेरे क्रोध को दूर करके मेरी वीरता के लौह को भी कोमल कर डाला है।

[बैन्वोलियो का पुनः प्रवेश]

बैन्वोलियो : ओ रोमियो! रोमियो! वीर मर्क्यूशियो मर गया! वह शौर्यधारिणी आत्मा मेघों की ओर चली गई। उसने कितने असमय

में ही इस पृथ्वी से घृणा करके मुंह मोड़ लिया!

रोमियो : आज के दिन का अंधकारमय भाग्य अनेक दिनों पर छाया डालेगा। आज वह दुःख प्रारम्भ हुआ जिसका अंत दूसरों को करना पड़ेगा।

[टाइबॉल्ट का पुनः प्रवेश]

बैन्वोलियो: वह भयानक टाइबॉल्ट फिर आ रहा है।

रोमियो : जीवित! विजय के दर्प में! मर्क्यूशियो अब नहीं रहा! ओ विनम्रता, दूर हो जा, और अग्निवर्षण करते भीषण क्रोध! आ मुझमें फूट पड़! टाइबॉल्ट! तूने मुझे नीच कहा! उस शब्द को वापस ले। मर्क्यूशियो की आत्मा अभी हमारे पास ही मंडरा रही है, कि तुझे भी साथ लेती जाए। या तो तू या मैं, या दोनों, ही उसके साथ जाएंगे।

टाइबॉल्ट : ओ नीच लड़के! तू उसका साथी यहां था, वहां भी बनेगा।

रोमियो : इसका निर्णय यह करेगा।

[लड़ते हैं। टाइबॉल्ट गिरता है।]

बैन्वोलियो: रोमियो! भाग जाओ! तुरन्त! नागरिक आ रहे हैं। टाइबॉल्ट मारा गया। चकित-से मत खड़े रहो। यदि तुम पकड़े गए तो राजकुमार तुम्हें मृत्यु-दण्ड देंगे। चले जाओ। भागो!

रोमियो : आह! मैं भाग्य का मूर्ख विदूषक हूं।

बैन्वोलियो : तुम रुके क्यों हो?

[रोमियो का प्रस्थान]

[नागरिकों का प्रवेश]

एक नागरिक : जिसने मर्क्यूशियो को मारा है वह किधर भागा? वह हत्यारा टाइबॉल्ट! किधर भागा है?

बैन्वोलियो : टाइबॉल्ट वह पड़ा!

एक नागरिक : उठिए श्रीमान! मेरे साथ चलिए! मैं राजकुमार के नाम पर आपको आज्ञा देता हूं। पालन कीजिए।

[राजकुमार शासक का सेवकों के साथ प्रवेश। मौण्टैग्यू, कैप्यूलैट, उनकी पत्नियां तथा अन्यों का प्रवेश]

राजकुमार : इस लड़ाई का प्रारम्भ करनेवाले नीच कहां हैं?

बैन्वोलियो : हे श्रेष्ठ राजन्य! मैं सब बता सकता हूं इस भयानक झगड़े का दुर्भाग्यपूर्ण इतिहास! वह पड़ा है एक आदमी, जिसे तरुण रोमियो ने मारा है। इसीने आपके सम्बन्धी वीर मर्क्यूशियो को मारा था।

श्रीमती कैप्यूलैट : टाइबॉल्ट! मेरा भाई! मेरे भाई का पुत्र! ओ शासक! ओ राजकुमार! मेरे पति! आह, मेरे भाई का लहू फैला है। राजकुमार, आप सत्य के स्थापक हैं, हमारे लहू के लिए मौण्टैग्यू-रक्त गिराइए! हाय भैया! मेरे भैया!

राजकुमार : बैन्वोलियो! इस लड़ाई का प्रारम्भ किसने किया?

बैन्वोलियो : टाइबॉल्ट ने। वह मरा पड़ा है। रोमियो के हाथ ने इसे मार डाला! रोमियो ने उससे विनम्रता से बातें कीं। उसे बताया कि लड़ाई के परिणाम क्या होंगे, कहा कि राजकुमार इससे क्रुद्ध होते हैं। उसके स्वर में मिठास थी, वह शांत था, उसके घुटने झुके हुए थे; कि टाइबॉल्ट के हृदय का उमड़ता क्रोध बहरा बन गया। उसने वीर मर्क्यूशियो के वक्ष की ओर खड्ग घुमाया। वह भी क्रुद्ध खड्ग बजाने को आतुर, घृणा से ओजवान, मृत्यु के लिए आह्वान देता, आ गया। उसने एक ही हाथ से निर्वीर्य मृत्यु को एक ओर ठेल दिया और दूसरे से उसे टाइबॉल्ट की ओर धकेलने लगा। टाइबॉल्ट के कौशल ने उसके प्रयत्न से टक्कर ली, और रोमियो जोर से चिल्लाया : रुको! मित्रो! दूर हटो! किन्तु उसकी जिह्वा से भी त्वरगति उसकी भुजा ने उनके शस्त्रों को झुका दिया, वह बीच में आ गया कूदकर, किन्तु तभी उसकी भुजा के नीचे से टाइबॉल्ट ने सबल

मर्क्यूशियो के जीवन को हर लिया और तब टाइबॉल्ट भाग गया। और कुछ देर में वह जब लौटा, रोमियो में क्रोध भर आया था और दोनों बिजलियों-से चमक उठे। इससे पूर्व कि मैं खड्ग खींचकर उन्हें अलग कर पाता, महाबली टाइबॉल्ट मारा गया, और ज्योंही वह गिरा, रोमियो मुड़ा और भाग गया। यही सत्य है, अन्यथा बैन्वोलियो को प्रारणदण्ड दें।

श्रीमती कैप्यूलैट : यह मौण्टैग्यू-परिवार का सम्बन्धी है। स्नेह ने इससे झूठ बुलवाया है। यह सत्य नहीं कहता। इस जघन्य युद्ध में कोई बीसेक लोग लड़ रहे थे और वे बीस केवल एक व्यक्ति के प्राण ले सके! मैं न्याय मांगती हूं, ओ राजकुमार! तुम्हें न्याय देना ही होगा। रोमियो ने टाइबॉल्ट को मारा है, रोमियो को जीवित नहीं रहना चाहिए।

राजकुमार : रोमियो ने उसे मारा, उसने मर्क्यूशियो को। उसके बहुमूल्य रक्त का मूल्य अब कौन चुकाएगा?

मौण्टैग्यू : रोमियो नहीं, राजकुमार! वह मर्क्यूशियो का मित्र था। उसका अपराध समाप्त होता है, क्योंकि कानून भी टाइबॉल्टके जीवन का अंत कर देता।

राजकुमार : इसी अपराध के लिए हम उसे तुरन्त निर्वासित करते हैं। तुम्हारे घृणा-व्यापार में मुझे भी एक दिलचस्पी है। मेरा ही लहू तुम दोनों के बर्बर संघर्ष के लिए पड़ा हुआ बह रहा है। मैं तुम दोनों को इतना भयानक दण्ड दूंगा कि तुम मेरी हानि के लिए भी पश्चात्ताप कर उठो। अनुनय और प्रार्थना के लिये मैं अब बहरा हो गया हूं। आंसू और विनतियां केवल गालियां पाएंगी। अतः उनका प्रयोग न करो। रोमियो तुरन्त चला जाए। अन्यथा, यदि वह मिलेगा, वह उसकी अन्तिम घड़ी होगी। इस शव को उठाओ और हमारी आज्ञा के पालन में सन्नद्ध रहो। दया केवल हत्या कराती है, यदि हत्यारों को क्षमा कर दिया जाए!

[प्रस्थान]

दृश्य 2

[कैप्यूलैट का उपवन]

[जूलियट का प्रवेश]

जूलियट : भाग जाओ ओ अग्निमय-चरण-तुरंगो! चन्द्र के वासस्थान की ओर। चन्द्रपुत्र जैसा अनाड़ी हांकनेवाला कशाघातों से तुम्हें पश्चिम की ओर भगा ले जाएगा और मेघाच्छन्न रात्रि को तुरन्त ले आएगा। अपना पर्दा गिरा दो, प्रेम की आश्रय ओ रजनी! कि पलायनकर्ताओं के नयन झंप जाएं और रोमियो इन बाहुओं में आ समाए, अज्ञात, अनजाना, एक रहस्य-सा। प्रेमी अपनी केलि अपने ही सौन्दर्य में कर पाते हैं। यदि प्रेम अन्धा है, तो रात्रि से ही उसका सबसे अच्छा तादात्म्य है। आ! प्रिये रजनी! ओ श्याम-वस्त्र-धारिणी गम्भीर नारी; नितान्त कृष्णे; मुझे सिखा दे, किस प्रकार मैं जीतती-जीतती हार जाऊं, अकलंक कौमार्य की इस द्वन्द्वमय क्रीड़ा में। पुरुष-स्पर्श से अपरिचित मेरा रक्त मेरे कपोलों पर झलमला उठे तो उसे अपने उत्तरीय से ढांक दे। अभ्यस्त होकर प्रेम साहसी बन जाए, तब तक सच्चे प्रेम में व्रीड़ा अपना रास रचती रहे। आ निशे! आ! रोमियो! आओ! ओ रात्रि में उज्ज्वल दिवस-से मधुर! अन्धकारमयी रात्रि के पंखों पर तुम, गृद्ध के काले पंखों पर जमे हिम से भी अधिक श्वेत भव्य दिखाई दोगे। आ मधुर निशे, आ आ, स्नेहमयी, कृष्णभ्रू चालिनी! निशे! मुझे मेरा रोमियो दे! जब उसे मृत्यु मुझसे छीन ले, उसे ले जा और उसे खंड-खंड करके नक्षत्रों-सा जगमगाता बिखेर दे! वाह! वह आकाश के आनन को कितना लावण्यमय और शोभित बना देगा कि संसार के समस्त प्राणी निशा से प्यार करने लगेंगे, और ज्योतिर्मय सूर्य का अभिनन्दन करना त्याग देंगे। अरे! मैंने तो प्रेम का भवन खरीद

लिया है, परन्तु अभी उसपर काबू नहीं पाया है, यद्यपि मैं स्वयं बिक गई हूं, परन्तु अभी मुझसे रमरण तो नहीं किया गया। कैसा कठिन है यह दिन; वैसा ही जैसा उत्सव के पहले दिन अधीर बालक के नये वस्त्र आएं और जो उन्हें उस दिन पहन न पाए! लो मेरी धाय आ गई, वह कोई संवाद लाई है और प्रत्येक जिह्वा जो रोमियो का नाम पुकारती है, दैवी वाणी का ही उच्चारण करती है।

[रस्सियों के साथ धाय का प्रवेश]

बताओ धाय मां! क्या संवाद है? तेरे पास यह क्या है? क्या वही रस्सियां हैं जो रोमियो ने तुझे लाने की आज्ञा दी थी?

धाय : हां, हां, रस्सियां हैं। (नीचे फेंकती है)

जूलियट : अरे रे! क्या बात है? तू यों हाथ क्यों मल रही है?

धाय : आह! कैसा दिन है! वह मर गया, वह मर गया, वह मर गया! हम भी मारे गए, श्रीमती, हम भी कहीं के न रहे। दुर्भाग्य रे दिन! वह चला गया, वह मार डाला गया, वह मर गया।

जूलियट : क्या भगवान इतना ईर्ष्यालु हो सकता है?

धाय : रोमियो तो हो सकता है, भगवान चाहे न हो। ओ रोमियो! रोमियो! ऐसा कौन सोच सकता था! रोमियो!

जूलियट : तुम कौन-सी मुसीबत हो जो मुझे इस तरह तड़पा रही हो? यह कठोर यातना तो अन्धकारमय नरक में गर्जन करने योग्य हैं। क्या रोमियो ने अपने-आपको मार डाला? तू केवल हां कह दे। वह एकमात्र स्वर अधिक विष उगलेगा जितना मृत्युवर्षण करती काल-नाग की आंख भी नहीं उगल सकती। यदि ऐसी 'हां' 'हां' है, तो फिर मैं भी तो मैं नहीं रहूंगी। क्या तेरे बन्द नयन यही कह रहे हैं? यदि वह मारा गया है तो कह दे 'हां' अन्यथा कह दे—'नहीं'। मेरे क्षेम और दुःख का निर्णय यह लघु ध्वनियां ही कर देंगी।

धाय : मैंने घाव देखा है, अपनी आंखों से, हे भगवान रक्षा कर! उसके विस्तृत वक्ष पर। कितनी करुणा का स्रोत वह शव था! रक्त से भीगा। पाण्डुर! भस्म-सा पाण्डुर! सर्वत्र रक्त से भीगा। गाढ़े रक्त में निमज्जित! मैं तो उस दृश्य को देखकर ही मुर्छित हो गई।

जूलियट : खंड-खंड हो जा मेरे हृदय! ओ दरिद्र! शत-सहस्र खंड हो जा। बंदिनी बन जाओ मेरी आंखें! कभी भी स्वतन्त्रता को न निहारो! नीच देह—माटी, धरती में मिल जा! विनष्ट हो जा री गति! और तू और रोमियो एक ही शव में मग्न हो जाएं।

धाय : ओ टाइबॉल्ट, टाइबॉल्ट! मेरा कितना अच्छा मित्र था! ओ सहृदय टाइबॉल्ट! ओ सच्चे हृदय के उदारमना सज्जन!" क्या मुझे तुझे मरते हुए देखने को जीवित रहना था!

जूलियट : यह विपरीत दिशा में कैसा तूफान चलने लगा? क्या रोमियो का कत्ल हो गया और टाइबॉल्ट मर गया? मेरा प्यारा ममेरा भाई! और उससे भी प्रिय मेरे स्वामी! ओ मृत्यु की दुन्दुभि! सर्वनाश की घोषणा कर दे। यदि ये ही दो चले गए, तो फिर जीवित ही कौन है?

धाय : टाइबॉल्ट मर गया, रोमियो निर्वासित हो गया। रोमियो ने उसकी हत्या कर दी और निर्वासित कर दिया गया।

जूलियट : हे भगवान! क्या रोमियो के हाथ ने टाइबॉल्ट का लहू बहाया?

धाय : बहाया, बहाया! ओ अभागे दिन! उसीने बहाया!

जूलियट : ओ नाग के से हृदयवाले, तू फूलों जैसे मुख के पीछे छिपा था? क्या दैत्य की गुफा भी इतनी सुन्दर हो सकती है? ओ सुन्दर अत्याचारी! नारकीय देवदूत! कैरा के पंख वाले गृद्ध! भेड़िये-से भूखे बर्बर मेमने! दिव्यतम छवि के घृणित प्रतीक! जैसा दीखता था

उसके बिल्कुल ही विपरीत! पापी सन्त! सम्मानित खल! ओ प्रकृति! तुझे उस समय नरक में क्या काम था जब तूने एक पिशाच की आत्मा को देह के ऐसे सुन्दर अमर स्वर्ग में विराजित कर दिया? क्या कभी पुस्तक में इतना अश्लील लेखन होकर भी इतनी सुन्दर जिल्द में छिपा रहता है! आह! प्रतारणा ऐसे विभवान्वित और मनोहर प्रासाद में रहने लगी!

धाय : कोई विश्वास नहीं रहा। कोई भक्ति, कोई ईमानदारी मनुष्यों में नहीं बची! सब ढोंगी हो गए, झूठी शपथ खाने वाले, सब बेईमान, सब विश्वासघाती! आह! कहां है मेरा सेवक! मुझे तनिक मदिरा दो! यह व्यथाएं, यह दुःख, यह अवसाद मुझे जर्जर वृद्ध किए दे रहे हैं। रोमियो तुझे धिक्कार है। तुझे कलंक ढांक ले!

जूलियट : छाले पड़ें तुम्हारे जीभ पर ऐसी इच्छा करने के लिए! वह कलंक के लिए नहीं जन्मा। उसके मस्तक पर बैठते हुए तो कलंक को कलंक लगता है। वह तो एक सिंहासन है जिसपर गौरव को समस्त भूमि का एकछत्र सम्राट बनाने को राज्याभिषेक किया जाएगा। उफ! मैं भी कैसी पशु थी कि उनकी निन्दा कर बैठी।

धाय : तो क्या तुम उसकी प्रशंसा करोगी जिसने तुम्हारे भाई की हत्या की है?

जूलियट : तो क्या मैं अपने पति की निन्दा करूं? आह! मेरे भोले स्वामी! किस जिह्वा से तुम्हारी प्रशंसा करूं? जब तीन घंटे पूर्व ही तुम्हारी पत्नी होकर भी मैंने उस नाम को गर्हित किया? ओ नीच! क्या इसीलिए तुमने मेरे भाई की हत्या की? वह नीच भाई जिसने मेरे पति की हत्या कर दी होती; ओ बुद्धिहीन अश्रुओ! लौट जाओ वहीं, जिस स्रोत से तुम उमड़ आए हो! यह जो तुम बूंद गिरा कर दे रहे हो, वह केवल दुःख की सम्पत्ति है। तुम हर्ष के लिए उन्हें बरसाकर भूल कर

रहे हो। मेरा पति जीवित है जिसकी टाइबॉल्ट ने हत्या कर दी होती, और टाइबॉल्ट मारा गया, जिसने मेरे पति को मार डालना चाहा था। कितने हर्ष का विषय है! किसलिये रो रही हूं मैं फिर? कोई शब्द था, टाइबॉल्ट की मृत्यु से भी दारुण, जिसने मुझे मार डाला था। मैं चाहती हूं उसे भूल जाऊं। किन्तु वह तो मेरी स्मृति पर झुका आ रहा है, मानो घोर पापी के मानस पर उसका भीषण अपराध! 'टाइबॉल्ट मारा गया, रोमियो निर्वासित हुआ।' वह 'निर्वासित' वह एक शब्द 'निर्वासित', उसने दस सहस्र टाइबॉल्टों को मार डाला है। टाइबॉल्ट की मृत्यु में काफी दुःख था, यदि यह सब यहीं समाप्त हो जाता, किन्तु यदि यह कटु दुःख साथी ढूंढ़ने में सुख पाता है, और अन्य दुःखों के साथ गिना जाता है, तो 'टाइबॉल्ट मारा गया' के साथ क्यों न सुनाई दिया—तेरा पिता, तेरी माता, नहीं दोनों ही; मेरी वेदना, हिल-हिल उठी होती, पर टाइबॉल्ट की मृत्यु के पीछे का यह 'रोमियो निर्वासित हुआ' इस शब्द को कहनेका अर्थ है, पिता, माता, टाइबॉल्ट, रोमियो, जूलियट, सब मारे गए, सब मर गए—'रोमियो निर्वासित हुआ।' कोई अन्त नहीं; असीम, अपार, अगणित है उस शब्द में मृत्यु! शब्द उस व्यथा को ध्वनित नहीं कर सकते? मेरे पिता और माता कहां हैं धाय?

धाय : टाइबॉल्ट के शव पर रोते-चिल्लाते बैठे हैं। क्या तुम वहां जाओगी? मैं तुम्हें ले चलूंगी।

जूलियट : क्या वे आंसुओ से उसके घावों को धो रहे हैं? मेरे आंसू तो चुक गए। सब मेरे रोमियो के निर्वासन पर सूख गए! ये रस्सियां लो, दीन रज्जु! तुम्हें धोखा दिया गया। तुम्हें और मुझे, क्योंकि रोमियो निर्वासित हो गया, वह मेरी शय्या तक आने को तुम्हें पथ बनाना चाहता था। किन्तु मैं, एक कुमारी, अब कुमारी विधवा हो गई। आओ रस्सियो! आओ धाय! अब मैं अपनी सुहागरात की सेज

लगाऊंगी। और रोमियो नहीं, मृत्यु मेरा कौमार्य छीन ले।

धाय : अपने कमरे में जाओ। मैं तुम्हारे लिए रोमियो को ढूंढ़ लाऊंगी। मैं जानती हूं वह कहां है। सुनती हो? आज रात ही तुम्हारा रोमियो यहां आ जाएगा। मैं उसीके पास जाती हूं। वह लॉरेन्स के निवास स्थान में छिपा है।

जूलियट : आह! उसे ढूंढ़ो! मेरे वीर पति को यह अंगूठी देना और उससे कहो कि वह मुझसे अन्तिम विदा लेने आए।

[प्रस्थान]

दृश्य 3

[फायर लॉरेन्स का निवास स्थान]

[फ्रायर लॉरेन्स का प्रवेश]

फ्रायर लॉरेन्स : रोमियो, इधर आओ! आओ! ओ भयभीत मनुष्य! पीड़ा तुम्हारे प्रेम में पड़ गई है और आपदा से तुम्हारा विवाह हुआ है।

[रोमियो का प्रवेश]

रोमियो : धर्मपिता! क्या समाचार है? राजकुमार ने क्या दण्ड दिया? मुझे अब किस नये दुःख से परिचय प्राप्त करना है? यह तो मैं अभी तक नहीं जानता।

फ्रायर लॉरेन्स : ऐसी कटु संगत से मेरा पुत्र खूब परिचित है। मैं राजकुमार के क्रोध का समाचार तेरे लिए लाया हूं।

रोमियो : राजकुमार का गुस्सा कयामत के दिन से क्या कम है?

फ्रायर लॉरेन्स : उनके अधरों से एक बहुत कोमल दण्ड निकला

है। किसीकी मृत्यु नहीं, वरन् शरीर का निर्वासन।

रोमियो : हाय, निर्वासन! दया करो। कहो—'मृत्यु।' निर्वासन की तो दृष्टि ही कितनी भीषण है! मृत्यु से भी विकराल 'निर्वासन' शब्द मत कहिए!

फ्रायर लॉरेन्स : तुम वेरोना से निर्वासित किए गए हो। धीरज धरो, क्योंकि संसार विपुल और अपार है।

रोमियो : किन्तु वेरोना की प्राचीरों के बाहर तो कोई संसार नहीं, केवल ज्वलन्त नरक, दाहमय, यातनामय नरक-मात्र है। और संसार से निर्वासन ही मृत्यु है। निर्वासन मृत्यु का ही गलत नाम है। मृत्यु को निर्वासन न कहना तुम्हारा सोने की कुल्हाड़ी से मेरे सिर को काटकर मेरी हत्या करनेवाले वार पर मुस्कराने के समान है।

फ्रायर लारेन्स : ओ भयंकर पाप! ओ बर्बर कृतघ्नता! तेरे अपराध को हमारा कानून मृत्यु कहता है, किन्तु दयालु राजकुमार ने, तेरा पक्ष लेकर, कानून को हटा दिया है, और मौत के उस स्याह शब्द को निर्वासन बना दिया है। यह तो असाधारण करुणा है, और तू इसे देख भी नहीं पाता?

रोमियो : यह यातना है, दया नहीं। स्वर्ग यहीं है, जहां जूलियट रहती है। प्रत्येक बिल्ली, कुत्ता, चूहा, जो यहां स्वर्ग में रहते हैं; ऐसी प्रत्येक अयोग्य नगण्य वस्तु भी उसे देख पाएगी, केवल रोमियो नहीं देख सकेगा। रोमियो से अधिक सार, सम्मान, गौरव और स्नेह तो सड़ी लाश में पड़े कीड़ों में, मक्खियों में है। वे प्रिया जूलियट के अद्भुत श्वेत हाथ को छू सकेंगे और उसके अधरों से अमर वरदान प्राप्त कर सकेंगे। वह कुमारी अपने पवित्र कौमार्य में उनके स्पर्श तक को अपने अधरों पर चुम्बन समझकर उसे पाप कहेगी, लजाएगी, किन्तु रोमियो कुछ नहीं कर सकता। वह निर्वासित हो गया है। मक्खियां स्वतन्त्र हैं, पर मुझे भागना होगा। वे स्वतन्त्र मनुष्य हैं,

लेकिन मैं निर्वासित हो गया हूं। और फिर भी आप कहते हैं कि निर्वासन मृत्यु नहीं है। क्या आपके पास कोई भयानक विष नहीं, कोई तीक्ष्णधार छुरा नहीं, कोई अकस्मात् मार डालने का साधन नहीं। वे क्या इतने कठोर होते? पर मेरा निर्वासन, मुझे मार डालने को? निर्वासन? ओ फ्रायर! नरक में ही उस दण्डित शब्द का उच्चारण उचित है। उसके चारों ओर चीत्कार घिरा रहता है। दैवी मनुष्य होते हुए भी, आपका हृदय ऐसा कैसे है? पाप-पुण्य की धर्मस्वीकृति सुननेवाले! पापविमोचक! मेरे मित्र! कैसे आप इस कठोर शब्द 'निर्वासन' से मुझे काटे डाल रहे हैं?

फ्रायर लॉरेन्स : ओ प्रेम में बावले! मेरी एक बात तो सुनो।

रोमियो : आह! क्या आप फिर निर्वासन की बात करेंगे?

फ्रायर लॉरेन्स : मैं तुम्हें उस शब्द को दूर रखने का कवच दूंगा। विपत्ति का मधुर दुग्ध, दर्शनशास्त्र है, जिससे तुम्हें धैर्य बंधाया जा सकता है। यद्यपि तुम निर्वासित कर दिए गए हो! मैं उससे तुम्हें धैर्य बंधाऊंगा।

रोमियो : फिर भी निर्वासित! भाड़ में जाए दर्शनशास्त्र! जब तक दर्शनशास्त्र जूलियट नहीं बना सकता, एक नगर को उखाड़कर अन्यत्र नहीं ले जा सकता, राजकुमार के क्रोध को नहीं हटा सकता, वह व्यर्थ है; उससे कोई लाभ नहीं, कोई काम नहीं चलता। रहने दें, और बात न करें।

फ्रायर लॉरेन्स : ओह! तब यह ठीक ही है कि पागल के कान नहीं होते।

रोमियो : हों भी कैसे? बुद्धिमानों की आंखें ही कहां होती हैं?

फ्रायर लॉरेन्स : तुम्हारी इस हालत के बारे में तनिक मुझे कुछ कहने दो।

रोमियो : तुम उसकी बात नहीं कर सकते जिसकी तुम्हें अनुभूति नहीं होती। यदि मेरी तरह ही तुम भी तरुण होते, जूलियट तुम्हारी प्रिया

होती, विवाह हुए घंटा-भर हुआ होता, टाइबॉल्ट मारा गया होता, मेरी तरह विचलित और निर्वासित हाते, तब तुम शायद बोल पाते, तब शायद तुमने अपने बाल नोचे होते, धरती पर गिर पड़े होते, जैसा मैं अब करता हूं, एक अनिर्मित कब्र का नापना-सा लेता हूं।

[नेपथ्य में द्वार पर खटखटाहट]

फ्रायर लॉरेन्स : उठो! कोई दरवाज़ा खटखटा रहा है। मेरे अच्छे रोमियो! छिप जाओ।

रोमियो : नहीं, मैं नहीं छिपूंगा। हृदय-दग्ध कराहों के उच्छ्वास जब तक मुझे नयनों की खोज से कुहरे के समान नहीं ढांक लेते, तब तक नहीं।

[खटखटाहट]

फ्रायर लॉरेन्स : सुनो! वे कैसे खटखटा रहे हैं! कौन हैं वहां? रोमियो उठो! वे तुम्हें पकड़ लेंगे।—अच्छा ठहरो। उठो।

[खटखटाहट]

मेरे अध्ययन-कक्ष में चले जाओ! जल्दी! हे भगवान! यह भोलापन है? आता हूं! आता हूं!

[खटखटाहट]

कौन इतनी जोर से खटखटा रहा है? कहां से आए हो? क्या चाहते हो?

धाय : (नेपथ्य से) मुझे भीतर आने दो, तभी मेरी खबर सुन सकोगे। मैं श्रीमती जूलियट के पास से आई हूं।

फ्रायर लॉरेन्स : आओ। स्वागत है।

[धाय का प्रवेश]

धाय : ओ पवित्र पादरी! मुझे बताइए पवित्र पादरी! मेरी मालकिन के स्वामी कहां हैं? रोमियो कहां हैं?

फ्रायर लॉरेन्स : वह पड़ा है धरती पर। अपने ही आंसू पीकर बेसुध हो गया है।

धाय : अरे इनकी भी मेरी मालकिन जैसी ही हालत है! बिलकुल उनकी-सी।

फ्रायर लॉरेन्स : उफ! कैसी दुःखद सांत्वना है! कैसी करुण परन्तु भयानक स्थिति है!

धाय : ऐसे ही वे भी पड़ी हैं। फूट-फूटकर रोती, छटपटाती; छटपटाती और रोती। उठिए। उठिए। अरे मर्द हैं आप! उठिए! जूलियट के लिए उठकर खड़े होइए। ऐसे गड्ढे में क्यों गिर रहे हैं आप?

रोमियो : धाय!

धाय : आह श्रीमान्! श्रीमान्! मृत्यु ही तो सबका अन्त है।

रोमियो : क्या तुम जूलियट की कहती हो? कैसी हैं वह? क्या वह मुझे एक अभ्यस्त हत्यारा नहीं समझती? अब मैंने अपने हर्ष के शैशव को उसके निकटतम सम्बन्धी के रक्त से कलंकित कर दिया है। कहां है जूलियट? क्या कर रही है? क्या कहती है मेरी प्रिया, जिसके बारे में कोई नहीं जानता कि वह मेरी प्रिया है। वह इस खंडित प्रेम के बारे में क्या कहती है?

धाय : अरे! वे कुछ नहीं कहतीं श्रीमान्! केवल रोती हैं और रोती हैं। अब शय्या पर गिरती हैं, तो फिर उठती हैं, टाइबॉल्ट को पुकारती हैं, और फिर रोमियो-रोमियो चिल्लाती हैं। और फिर गिर पड़ती हैं।

रोमियो : मानो उस नाम ने भयानक तोप के मुंह से छूटे गोले की तरह उसे मार डाला है। जैसे उस नाम के अभिशप्त हाथ ने उसके रिश्तेदार की हत्या कर दी है। मुझे बताओ फायर! इस शरीर के किस नीच और कुत्सित भाग में मेरे नाम का निवास है? बताओ मुझे, ताकि मैं इस घृणित देह को ही नष्ट कर सकूं।

[तलवार खींच लेता है।]

फ्रायर लॉरेन्स : अपना यह विनाशकारी अति दुस्साहसिक हाथ रोक दो। क्या तुम पुरुष हो? मनुष्य हो? तुम्हारी आकृति तो पुकारती है कि तुम पुरुष हो, किन्तु तुम्हारे अश्रु स्त्रियों के से हैं। तुम्हारे जंगली काम बताते हैं कि तुम कार्य-कारणहीन अचिंत्य क्रोध वाले एक जन्तु हो! एक पुरुष-से प्रतीत होते हुए रूप में एक अदृश्य स्त्री हो। स्त्री तो ऐसी नहीं हो सकती! तुमने मुझे चकित कर दिया है। मेरे पवित्र सम्प्रदाय की शपथ! मैं समझा था कि तुम्हारी बुद्धि और स्वभाव कहीं अच्छे होंगे। क्या तुमने टाइबॉल्ट की हत्या की है? क्या तुम अब आत्मघात करोगे; क्या अपने जीवन का विनाश करके तुम उस स्त्री की हत्या कर दोगे जिसका जीवन तुम्हारे जीवन में अन्तर्निहित है? घृणा बिखरायोगे स्वयं पर? आकाश और पृथ्वी को अपने जीवन पर क्यों कोसते हो तुम! जीवन, आकाश और पृथ्वी सब तीनों तुममें एकसाथ एकत्र हुए हैं, जिन्हें तुम एकसाथ खो देना चाहते हो? धिक्कार है, धिक्कार है, तुम अपनी आकृति पर कलंक लगा रहे हो, अपने प्रेम पर, अपनी बुद्धि पर। अपहरणकर्ता की भांति सब कुछ होते हुए भी किसीका तुम उचित उपयोग नहीं करते जो तुम्हारी आकृति, प्रेम और बुद्धि को शोभित कर सके! तुम्हारा यह सुन्दर शरीर केवल एक मोम का पुतला है। पुरुष के शौर्य से विचलित होनेवाला है वह! प्रिया से की गई प्रतिज्ञा मिथ्या ही है तुम्हारी, तुम उस प्रेम की हत्या कर रहे हो जिसे तुमने जीवित रखने की शपथ ली थी! रूप और प्रेम का आभूषण तुम्हारी बुद्धि अपने आचार में दोनों के अनुपयुक्त और अयोग्य है जैसे अनजान अज्ञानी सैनिक की बन्दूक का बारूद फटकर अपने ही अज्ञान से उसीमें आग लगा लेता है, वही तुम्हारा हाल है। तुम अपनी रक्षा को स्वयं विनष्ट किए दे रहे हो? जाग उठो हे मनुष्य! तुम्हारी जूलियट जीवित है जिसके लिए ही कुछ देर पूर्व तुम मृत जैसे हो गए थे। इसीलिए तुम्हें हर्ष होना चाहिए।

टाइबॉल्ट तुम्हें मार डालता, किन्तु तुमने उसे मार डाला, यह भी तुम्हारे हर्ष का कारण है। कानून, जिसका अन्त मौत थी, तुम्हारा दोस्त हो गया है और केवल निर्वासन देता है, यह भी कारण है कि तुम हर्षित हो! वरदानों की ढेरी तुमपर आ गई है, आनन्द अपने सर्वश्रेष्ठ रूप में तुम्हारा अभिनन्दन कर रहा है। किन्तु बदतमीज़ , बुरबुराती लड़की की तरह तुम अपनी किस्मत और प्रेम पर मुंह चिढ़ा रहे हो? सावधान हो जाओ! ध्यान से देखो, अन्यथा जघन्य मृत्यु को प्राप्त होओ! जाओ, अपनी प्रिया के पास जाओ जैसाकि पहले तय था। उसके शयनागार में चढ़ जाओ और उसे आश्वासन दो। पर देखना। इतनी देर न ठहरना कि लोग जान जाए, क्योंकि फिर तुम मण्टुआ नहीं जा सकते। वहां तुम तब तक रहो जब तक हम तुम्हारे विवाह को प्रकट न कर दें, तुम्हारे मित्रों को अनुकूल न बना लें, राजकुमार से क्षमा न प्राप्त कर लें और तुम्हें, जिस दुःख और वेदना को लिए तुम जा रहे हो, उससे दो करोड़ गुने आनन्द और हर्ष से वापस न बुला लें। धाय, तुम जानो। अपनी मालकिन से मेरी बात कहना और कहना कि सबको जल्दी सुला दे, क्योंकि दुःख में सब ऐसा ही करेंगे। रोमियो आ रहा है।

धाय : हे भगवान! मैं तो ऐसे अच्छे उपदेश सुनने रात-भर रुकी रहती। ओह! ज्ञान भी क्या है! स्वामी! मैं श्रीमती से कहूंगी कि आप आयेंगे।

रोमियो : अवश्य कहना और मेरी प्रिया को मुझे डांटने को तैयार कर देना।

धाय : लीजिए श्रीमान्! उन्होंने यह अंगूठी, मुझे आपको देने को कहा है। लीजिए। जल्दी कीजिए, वरना बहुत देर हो जाएगी।

[प्रस्थान]

रोमियो : मेरा सुख इससे कैसा लौट आया है?

फ्रायर लॉरेन्स : अब जाओ। नमस्कार! यहां सब ठीक है। तुमपर चौकसी होने के पूर्व ही निकल जाओ या रूप बदलकर अलस्सुबह अंधेरे ही मण्टुआ चले जाओ। वहीं रहना। मैं तुम्हारे आदमी को तलाश कर लूंगा और समय-समय पर उसे यहां की अच्छी खबरें पहुंचाता रहूंगा। लाओ हाथ मिलाओ। काफी देर हुई। विदा, नमस्कार।

रोमियो : हर्ष के उपरान्त हर्ष मुझे बुला रहा है। यह एक दुःख ही है जो आपसे इतनी शीघ्र बिछुड़ना पड़ रहा है। विदा।

[प्रस्थान]

दृश्य 4

[कैप्यूलैट के घर का एक कमरा]

[कैप्यूलैट, श्रीमती कैप्यूलैट और पैरिस का प्रवेश]

कैप्यूलैट : श्रीमान्! कितनी दुर्भाग्य की बातें हो गई कि हमें अपनी पुत्री से इस बारे में बातें करने का समय भी न मिला। देखिए! उसे अपने भाई टाइबॉल्ट से बहुत अधिक स्नेह था। मुझे भी था। खैर! हम तो मरने को ही पैदा हुए हैं। अब बहुत देर हो गई है। अब वह आज रात तो नीचे नहीं आएगी। पर मैं पक्की बात कहता हूं कि अगर आपके साथ की बात न होती, तो मैं भी घंटे-भर पहले ही बिस्तर पर चला गया होता।

पैरिस : दुःख के ये अवसर प्रेम की बातों का अवकाश ही कहां देते हैं। नमस्कार श्रीमती! अपनी पुत्री से मेरे विषय में कहें।

श्रीमती कैप्यूलैट : अवश्य कहूंगी और कल सुबह ही मैं उसके विचार को जान लूंगी। आज तो वह दुःख के बोझे से झुक गई है।

कैप्यूलैट : श्रीमान् पैरिस! मैं बच्ची के प्रेम को जगाने में कुछ न उठा रखूंगा। मैं समझता हूं वह हर तरह से मेरी आज्ञा मानेगी, नहीं बल्कि और भी कहीं अधिक, मुझे इसमें कोई शक नहीं है। श्रीमती! सोने के पहले उससे मिल लेना, मेरे पुत्र जैसे ही पैरिस के प्रेम से उसे अवगत कराना, और सुनो मेरी बात, अगले बुधवार की बताना। अरे हां! आज क्या वार है?

पैरिस : श्रीमान्, सोमवार है।

कैप्यूलैट : सोमवार! हा! हा! अच्छा। बुध तो बहुत पास है। अच्छा बृहस्पतिवार ठीक रहेगा। हां, उससे बृहस्पतिवार ही कहना कि उस दिन इस कुलीन अर्ल से उसका विवाह होगा। आप तैयार हो जाएंगे? आपको यह जल्दी पसन्द है? हम ज़रा धूम-धाम न करेंगे, बस एक-दो दोस्त बुला लेंगे। क्योंकि बात यह है कि अभी ही तो टाइबॉल्ट मारा गया है। कहीं लोग यह न सोचें कि हमें उसका कोई ख्याल न रहा। वह हमारा रिश्तेदार था, हमारा ही खून था। ज़्यादा तड़क-भड़क ठीक न होगी। बस, यही एक-आधे दर्जन दोस्त बुला लेंगे और काम खत्म कर देंगे। आपका बृहस्पतिवार के विषय में क्या विचार है?

पैरिस : श्रीमान्! मैं तो चाहता हूं, वह बृहस्पतिवार कल ही पड़ जाए!

कैप्यूलैट : तो ठीक है। आप जाइए। बृहस्पतिवार ही फिर पक्का रहा। हां, तुम सोने से पहले जूलियट से मिलती जाना। श्रीमती, इस विवाह के दिन के लिए उसे तैयार कर देना। विदा, श्रीमान्! अरे, मेरे कमरे में रोशनी करो! अरे ए! आगे चलो! बड़ी देर हो गई। अब तो इसे सुबह-तड़का ही कहा जाए तो क्या हर्ज़ है। नमस्कार!

[प्रस्थान]

दृश्य 5

[कैप्यूलैट का उपवन]

[रोमियो और जूलियट का ऊपर की खिड़की पर प्रवेश]

जूलियट : क्या तुम चले जाओगे? अभी तो प्रभात नहीं हुआ। यह तो नाइटिंगेल पक्षी था, प्रभात में बोलनेवाली लार्क नहीं थी, जिसने मेरे कानों में यह भयंकर शब्द गुंजा दिया। वह हर रात सामने के अनार के पेड़ पर गाया करती है। प्रिय! मेरा विश्वास करो, वह नाइटिंगेल था।

रोमियो : वह प्रभात की दूती लार्क का ही शब्द था। नाइटिंगेल का नहीं। देख प्रिये! प्राची में डरावने मेघों पर आलोक की कैसी ईर्ष्यालु धारियां पड़ गई हैं। रात के दीपक मन्द पड़ चले और कुहरे में भीगे पर्वत-शिखर पर पांवों की उंगलियों के बल प्रसन्न दिवस खड़ा है। मुझे जीवित रहने के लिए जाना चाहिए, या रुककर मृत्यु का वरण करना चाहिए।

जूलियट : वह प्रकाश दिन का नहीं है, मैं उसे जानती हूं। वह सूर्य से निकला कोई उल्का-पिण्ड है जो भासित हो रहा है कि रात में तुम्हारे लिए मशाल का काम दे सके और तुम्हें मण्टुआ पहुंचा सके। इसलिए कहती हूं अभी ठहरो, अभी से जाने की क्या ज़रूरत है?

रोमियो : अब मुझे पकड़ा जाने दो, मुझे मृत्यु ही प्राप्त होने दे। मैं तृप्त हूं, तुम्हारी ही इच्छा पूरी हो। तुम कहती हो, वह प्रभात के नयन का भूरापन नहीं, चन्द्रमा के भाल की पाण्डुर प्रतिच्छाया है। न वह लार्क थी, जिसका संगीत व्यापक व्योम में हमारे ऊपर सुदूर तक बजता चला जाता है। मेरी भी जाने की तुलना में रुकने की कहीं अधिक इच्छा है। आ मृत्यु! स्वागत है तेरा। जूलियट की यही इच्छा है। प्रिये! ठीक है? आओ बातें करें। अभी दिन नहीं हुआ।

जूलियट : हो गया, हो गया! चले जाओ तुम। अब चले जाओ!

यह लार्क ही है जो ऐसा बेसुरा गा रही है कि ध्वनि कानों में ऐसी कर्कश लग रही है। कुछ कहते हैं कि यह मधुर मिलन कराती है, पर यह नहीं कराती, यह तो वियोग करा रही है। कुछ कहते हैं कि लार्क अपनी आंखें घृणित मेंढक से बदल लेती है, लगता है इसने स्वर भी बदल लिया है, क्योंकि वह शब्द तुम्हारा पीछा करता हुआ, तुम्हें अब दिन में मुझसे दूर कर देने को हमारा भुजबन्धन छुड़ाए दे रहा है। चले जाओ अब, देखो उजाला बढ़ता जा रहा है।

रोमियो : ज्यों-ज्यों प्रकाश बढ़ता है, हमारा दुःख घने अन्धकार-सा और भी गहरा होता जाता है।

[धाय का कमरे में प्रवेश]

धाय : श्रीमती!

जूलियट : धाय!

धाय : आपकी माता इधर आ रही हैं। दिन फूट रहा है, सावधान हो, सावधान।

[प्रस्थान]

जूलियट : तो वातायन! दिन को जाने दो, जीवन को ले जा!

रोमियो : विदा, विदा, एक चुम्बन, और मैं उतर जाऊंगा।

[उतरता है]

जूलियट : क्या तुम चले गए, मेरे स्वामी, मेरे प्राण, मेरे मीत! प्रतिदिन मुझे संवाद भेजना, हर घंटे, क्योंकि हर मिनट में कई दिन होते हैं। आह! इस हिसाब से तो जब मैं अपने रोमियो से फिर मिलूंगी, न जाने कितने वर्ष बीत जाएंगे।

रोमियो : विदा! मैं कोई अवसर न चूकूंगा कि तुम्हें अपने समाचार, अपना प्रेम न भेज सकूं।

जूलियट : क्या तुम समझते हो फिर मिलेंगे?

रोमियो : मुझे इसमें कोई संदेह नहीं। आगे चलकर हमारी मधुर बातों में ये सारी व्यथाएं बड़ी मिठास देंगी।

जूलियट : हे भगवान! मेरे मन में अपशकुन की भावना हो रही है। मैं तुम्हें देख सकती हूं। अब तुम नीचे हो, जैसे कब्र के तले में कोई शव। या तो मेरी दृष्टि लुप्त हो रही है या तुम पीले पड़ गए हो।

रोमियो : मुझपर विश्वास रखो प्रिये! शुष्क नीरस दुःख हमारे रक्त का शोषण कर रहा है। विदा! विदा!

[प्रस्थान]

जूलियट : अरे भाग्य! ओ रे भाग्य? सब तुझे चंचल कहते हैं। यदि तू स्थिर है, तो तू उसका क्या करता है जो श्रद्धा के लिए विख्यात होता है! अस्थिर ही रह रे भाग्य! मैं आशा करती हूं कि ऐसे को अधिक दिन दूर न रखेगा और शीघ्र लौटा देगा।

श्रीमती कैप्यूलैट : (नेपथ्य से) पुत्री! क्या तुम जाग गईं?

जूलियट : कौन बुला रही है? क्या मां है! क्या सोई नहीं? इतने तड़के जाग गई? ऐसी कौन-सी अघटित घटना उन्हें यहां ले आई।

[श्रीमती कैप्यूलैट का प्रवेश]

श्रीमती कैप्यूलैट : कहो जूलियट कैसी हो?

जूलियट : श्रीमती, अभी मन ठीक नहीं है।

श्रीमती कैप्यूलैट : अपने भाई की मृत्यु पर ही इतना रो रही है? क्या उसे कब्र में ही आंसुओं से नहला दोगी? यदि ऐसा भी कर सकती तो भी क्या जीवित कर सकोगी उसे? अब जो होना था हो चुका। थोड़ी व्यथा भी गम्भीर प्रेम का प्रदर्शन कर देती है, किन्तु दुःख का अति प्रदर्शन बुद्धि का कुछ अभाव प्रकट करता है।

जूलियट : मुझे ऐसी घोर हानि के लिए रोने दो मां।

श्रीमती कैप्यूलैट : वह हानि तो अनुभव में आती रहेगी परन्तु

बन्धु तो न लौटेगा! जिसके लिए तुम रोती हो?

जूलियट : परन्तु यह अभाव तो मुझे रुलाता ही रहेगा, ऐसा प्रिय पास नहीं रहा!

श्रीमती कैप्यूलैट : अच्छा बिटिया! तो तू उसके लिए नहीं रोती? तू तो उसके हत्यारे उस नीच के लिए रो रही है जो अभी जीवित है।

जूलियट : कौन नीच माता?

श्रीमती कैप्यूलैट : वही अधम रोमियो!

जूलियट : (स्वगत) अधम! ओह, वह तो अब मीलों दूर गया। भगवान उसको क्षमा करे! मैं तो पूरी तरह उसकी शुभकामना करती हूं। फिर भी उस जैसी वेदना मुझे और कोई नहीं देता।

श्रीमती कैप्यूलैट : वह तो इसलिए कि वह विश्वासघाती हत्यारा जीवित है।

जूलियट : हां, मां! मेरे हाथों से बहुत दूर। काश, मैं अपने भाई की मृत्यु का बदला ले सकती!

श्रीमती कैप्यूलैट : हम बदला लेंगे, तू मत घबरा और न रो। मैं किसीको मण्टुआ भेजूंगी जहां वह भगोड़ा नीच रहता है। उसे ऐसी करारी चोट दिलवा दूंगी कि शीघ्र ही वह टाइबॉल्ट के पास पहुंच जाएगा और शायद अब तेरी भी इच्छा पूरी हो जाएगी।

जूलियट : सच, रोमियो से तो मेरी इच्छा कभी भी नहीं पूरी हो सकेगी। जब तक मैं उसे देख न लूं—मृत—एक सम्बन्धी के लिए मेरा मन कितना विचलित हो उठा है! मां, तुम्हें यदि कोई व्यक्ति मिल जाए जो उसे विष दे सके तो मैं उसे ऐसा मृदु कर दूंगी कि मिलते ही रोमियो उसे प्राप्त कर शान्ति से सो जाए। आह! कैसी घृणा करता है मेरा हृदय उसका नाम सुनकर, और उस तक जा नहीं सकता। अपने भाई के प्रति जो मेरे हृदय में प्रेम है उसे उसके शरीर पर उतार सकती। उसने ही तो हत्या की है।

श्रीमती कैप्यूलैट : तू तरीका सोच ले, मैं आदमी ढूंढ़ लूंगी। पर अब आ बेटी! मैं तुझे खुशी की खबर सुनाऊं।

जूलियट : और खुशी भी ऐसे मौके पर आई जब उसकी ज़रूरत थी! क्या है श्रीमती! बताइए न?

श्रीमती कैप्यूलैट : तेरे पिता तेरा बहुत ध्यान रखते हैं बेटी! तेरा भार उतारने को उन्होंने हर्ष का दिवस खोज डाला है, जिसकी न तुझे आशा थी, न मैं ही जानती थी।

जूलियट : मां, वह हर्ष का दिन कब आनेवाला है?

श्रीमती कैप्यूलैट : मेरी बच्ची! बस, इसी बृहस्पतिवार को प्रातः ही। वीर, तरुण, कुलीन, अभिजात काउण्ट पैरिस तुझे संत पीटर के गिरजे में उस दिन आनन्दपूर्वक अपनी पत्नी बनाएंगे।

जूलियट : संत पीटर के गिरजे और पीटर की सौगन्ध; वह मुझे आनन्दपूर्वक वधू न बना सकेगा। मुझे इस शीघ्रता पर आश्चर्य हो रहा है। होनेवाला पति स्नेह-प्रदर्शन करने के पूर्व ही ब्याह ले जाएगा। मां, मैं तुमसे प्रार्थना करती हूं कि मेरे पिता और संरक्षक पूज्यपाद से कहो कि मैं अभी विवाह न करूंगी और जब भी करूंगी, मैं सौगन्ध खाती हूं कि जिससे तुम घृणा करती हो, उस रोमियो से करूंगी, न कि पैरिस से। भले ही तुम यह सुनकर आश्चर्य करो।

श्रीमती कैप्यूलैट : यह लो, तुम्हारे पिता आ रहे हैं, उनसे तुम ही कह दो और देखो वे तुमसे यह सुनकर क्या कहते हैं!

[कैप्यूलैट और धाय का प्रवेश]

कैप्यूलैट : जब सूर्य डूब जाता है, वायु नीहारों का वर्णन करने लगती है, किन्तु मेरे भाई के पुत्र के सूर्यास्त पर घनघोर वर्षा हो रही है। ओ रोती हुई बालिके! अभी तक आंसू बह रहे हैं? झर-झर निर्भर-से? इस छोटे-से पोत में समुद्र और पवन दोनों भर गए हैं, क्योंकि जलप्रवाह के कारण

सिंधु समान ही तो हैं ये ज्वार और भाटे-से आंसू! यह लघु पोत-सी देह! खारी बाढ़ में बहती हुई! और पवन! तुम्हारे उच्छ्वास! तुम्हारे आंसुओं से मिलकर गर्जन करते हुए वे बढ़ रहे हैं, और वे उससे हो रहे हैं उत्ताल! अघटित शान्ति के अभाव में वे तुम्हारी प्रभंजन-प्रताड़ित देह को उर्मियों पर ऊभ-चूभ कर देगे! क्यों श्रीमती! हमारी प्राज्ञा तुमने बेटी को सुना दी?

श्रीमती कैप्यूलैट : हां श्रीमान! मैं कह चुकी, परन्तु यह कहती है, नहीं करेगी। यह आपको धन्यवाद देती है। मैं चाहती हूं इस मूर्खा का तो कब्र से ब्याह हो जाए, तो ही भला होगा।

कैप्यूलैट : रुको, रुको, मुझे अपने साथ ले चलो। मुझे साथ लो श्रीमती। क्यों? क्यों नहीं करेगी? क्या यह हमारे प्रति कृतज्ञ नहीं है? क्या इसे गर्व नहीं है? क्या यह अपने को भाग्यशालिनी नहीं गिनती? अयोग्य तो है ही यह कि हमने इसका वर बनाने को इसके लिए इतना योग्य और सज्जन चुना है।

जूलियट : गर्व नहीं, किन्तु मेरी कृतज्ञता लें। जिसको मैं घृणा करती हूं उसके प्रति गर्व मुझे कभी न होगा। किन्तु घृणा तक के लिए कृतज्ञ हूं जिसका तात्पर्य और उद्देश्य प्रेम है।

कैप्यूलैट : कैसे? कैसे? क्यों? कैसे? ओ नास्तिक! यह क्या है सब? अहंकार! 'गर्व' और 'कृतज्ञ हूं' और 'कृतज्ञ नहीं हूं?' और फिर भी 'गर्व' न होगा। ओ मूर्खा! कृतज्ञता के लिए अकृतज्ञ! न गर्व का गर्व! तैयार हो जा इसी बृहस्पतिवार के लिए, संत पीटर के गिरजे में पैरिस के साथ जाने को, नहीं तो मैं तुझे बांसों पर बंधवा के ले जाऊंगा! दूर हो जा मेरे सामने से भूमिभार! कुत्सितमुखी! सड़ी हुई दुर्गन्धयुक्त मूर्खे!

श्रीमती कैप्यूलैट : छिः, छिः, क्या तुम पागल हो गए हो?

जूलियट : पूज्य पिता? मैं आपके पांवों पर गिरकर प्रार्थना करती हूं, मेरी एक बात धैर्य से सुन लीजिए, मुझे कह लेने दीजिए!

कैप्यूलैट : तेरा सर्वनाश हो दुर्विनीत कुटिले! चुप रह। जो मैं कहता हूं वही होगा, बृहस्पतिवार को तू गिरजे जाएगी और न गई तो कभी अपना मुंह न दिखाना मुझे। बोल मत। जवाब मत दे। मेरे सामने शब्द न निकाल। मेरे हाथों में तड़पन छा रही है। श्रीमती! हम तो समझते थे कि ऐसी एकमात्र पुत्री देकर भगवान ने हमें भाग्यशाली बनाया है, किन्तु यह अकेली तो, मैं देखता हूं, अकेली ही बहुत है, इसे तो अभिशाप ही समझना चाहिए! नीच लड़की! दूर हो जा!

धाय : भगवान इसकी रक्षा करें। श्रीमान! इसके विषय में ऐसा सोचकर आप ही अपराध कर रहे हैं।

कैप्यूलैट : अच्छा री बुद्धिमती! जीभ संभाल अपनी! अक्ल से काम ले! अपनी गप्पों की झकझक बाहर कर! निकल यहां से!

धाय : मैं कोई विश्वासघात तो नहीं कर रही।

कैप्यूलैट : चली जा मैं कहता हूं।

धाय : तो क्या मैं बोल भी नहीं सकती?

कैप्यूलैट : चुप रह, बकबकिया मूर्खा! गप्पी के प्याले पर अपनी अक्ल बरसाना। यहां तेरी कोई ज़रूरत नहीं।

श्रीमती कैप्यूलैट : आप बहुत गुस्सा हो गए हैं।

कैप्यूलैट : कसम भगवान की! यह सब मुझे पागल किए दे रहा है। दिन, रात, घण्टे, घड़ी, पल, क्षण, कार्य, क्रीड़ा, एकान्त और संगत में सदैव मुझे यही चिन्ता लगी रही है कि इसके योग्य और अनुरूप वर मिले, और अब एक अभिजातकुलीन तरुण मिला है, विशाल सम्पत्ति है उसकी, यौवन है, श्रेष्ठ शिक्षा पाई है उसने, अंग-अंग में कुलीनता है, ऐसा पुरुष जैसाकि कल्पना निर्माण करती है। और तब यह गहन मुर्खा! पिल्ले-सी पें-पें करती, कठपुतली-सी, इस कम उम्र में, भाग्य से खेलती कहती है, जवाब देती है—"मैं शादी नहीं करूंगी, मैं प्रेम नहीं कर सकती, मैं बहुत

छोटी हूं, मैं प्रार्थना करती हूं, मुझे क्षमा कर दें!" तू विवाह नहीं करेगी तो मैं भी तुझे क्षमा ही कर दूंगा। जहां इच्छा हो वहां चरती घूमना, मेरे घर में फिर तुम्हारा कोई काम नहीं है। देख ले, सोचकर देख। मैं मज़ाक नहीं कर रहा हूं। बृहस्पतिवार निकट है, हृदय पर हाथ रखकर सोच। तू मेरी आज्ञा में रह, मैं तुझे अपने मित्र को सौंपूंगा। अन्यथा मर, फांसी पर लटक, भीख मांग, भूखी मर या सड़क पर दम तोड़, मेरी बला से। मैं तुझे अपना स्वीकार नहीं करूंगा, जो मेरा है, उससे तेरा तनिक उपकार न होगा। यकीन मान! सोच ले फिर! मैं फिर बदलूंगा नहीं।

[प्रस्थान]

जूलियट : क्या आकाश में कोई करुणा शेष नहीं, जो मेरे अवसाद के तल को देख सके। मेरी पूजनीय माता! मुझे मत निकालो! इस विवाह को एक महीने, एक हफ्ते को ही रोक दो! अन्यथा मेरे ब्याह की सेज उसी अंधेरे मकबरे में बनवा दो जहां टाइबॉल्ट सो रहा है।

श्रीमती कैप्यूलैट : मुझसे बात मत कर, क्योंकि मैं तो तुझसे एक शब्द भी बात न करूंगी। जो तेरी मर्ज़ी आए सो कर, बस मैं तो तुझसे भर पाई।

[प्रस्थान]

जूलियट : हे भगवान! धाय! यह सब कैसे रुकेगा! मेरा स्वामी जीवित है, मेरा धर्म परमात्मा जानता है। वह धर्म बार-बार कैसे इस धरती पर लौट सकेगा, जब तक मेरा पति स्वयं स्वर्ग जाकर उसे नहीं भेज देता। मुझे धीरज बंधाओ धाय! मुझे राय दो! हाय! दुर्भाग्य! मुझ जैसी निर्बल वस्तु पर भी भाग्य इतनी कूटनीति का प्रयोग कर रहा है! क्या कहती हो तुम? क्या तुम्हारे पास हर्ष का एक भी शब्द नहीं? धाय! मुझे साहस दो!

धाय : यह देखो! रोमियो निर्वासित हुआ, और तो किसीको नहीं हुआ कुछ! उसमें लौटकर चुनौती देने का तो साहस ही नहीं है। और

आएगा भी, तो वह चोरी ही से न? जब ऐसी बात है, मैं समझती हूं सबसे अच्छी बात यही होगी कि तुम काउण्ट से ब्याह कर लो। अरे! कितना सुन्दर सजीला जवान है यह! रोमियो उसके सामने माटी का लौंदा है, श्रीमती! वह तो गिद्ध है, गिद्ध! पैरिस की आंखें कैसी हरिताभ, सुन्दर और चपल हैं! मैं सच्ची सलाह देती हूं, यह दूसरा वर ही तुम्हारे लिए हर्षकारक है, क्योंकि यह पहलेवाले से कहीं बढ़ा-चढ़ा है। और नहीं भी तो क्या है? पहला तो मर ही चुका है, और मरे-सा जानो क्योंकि इसमें भी क्या ज़िन्दगी है कि रहे भी और तुम उसके किसी काम न आओ!

जूलियट : क्या तू सच्चे मन से यह बात कह रही है।

धाय : आत्मा तक से! नहीं तो तुम दोनों का नाश होगा।

जूलियट : आमीन!

धाय : क्या?

जूलियट : सच, तूने आश्चर्यजनक रीति से मुझे सांत्वना दी है। जा, मां से कह दे, मैं लॉरेन्स के निवासस्थान चली गई हूं। पिता को क्रुद्ध कर चुकी हूं न? मैं वहां पाप-स्वीकृति करके उससे शुद्धि प्राप्त करूंगी।

धाय : सच! सच भगवान! यही तो बुद्धिमानी है।

[प्रस्थान]

जूलियट : ओ प्राचीन धिक्कृत असत्य! ओ नीचतम शैतान! मुझे ऐसी प्रतिज्ञा में डालना कहीं अधिक पाप है, या उसी जिह्वा से जिसने मेरे पति की हज़ारों बार प्रशंसा की उसीसे निन्दा की जाए? जा री मुझे सलाह देनेवाली! आज से मेरे-तेरे हृदय युग्म हो गए। मैं पादरी के यहां जाती हूं कि वह मुझे उबार सके। यदि सब कुछ निष्फल हो जाएगा तो मुझमें ही वह शक्ति है कि मैं मर सकूं।

[प्रस्थान]

चौथा अंक

दृश्य 1

[फ्रायर लॉरेन्स का निवासस्थान]

[फ्रायर लॉरेन्स और पैरिस का प्रवेश]

फ्रायर लॉरेन्स : बृहस्पतिवार को? श्रीमान! समय बहुत कम है।

पैरिस : किन्तु धर्मपिता! यह तो कैप्यूलैट की इच्छा है! और मैं उनकी आतुरता में व्याघात डालने का बिलकुल इच्छुक नहीं।

फ्रायर लॉरेन्स : तुम कहते हो, तुम श्रीमती की इच्छा नहीं जानते। रास्ता बड़ा ऊबड़-खाबड़ है। मैं इसे पसंद नहीं करता।

पैरिस : वे टाइबॉल्ट की मौत पर बहुत रोती हैं, इसलिए प्रेम की बातें करने का मुझे अवसर ही नहीं मिला। आंसुत्रों के महल में प्रेम की देवी नहीं मुस्कराती। और उनके पिता इसे खतरनाक समझते हैं कि वे इतना अधिक दुःख पाती हैं और इसीलिए वे अपनी समझ से हमारे विवाह की जल्दी कर रहे हैं कि उनके आंसुओं की बाढ़ को रोकना चाहते हैं। वे अकेली हैं न, तभी ध्यान नहीं बंटता। हो सकता है समाज में वे दुःख को भूल जाएं। आप इस जल्दी का कुछ और कारण समझते हैं?

फ्रायर लॉरेन्स : (स्वगत) मैं नहीं जानता इसे टाला कैसे जाए! (प्रकाश) लीजिए श्रीमान! श्रीमती स्वयं इधर ही आ रही हैं।

[जूलियट का प्रवेश]

पैरिस : धन्य भाग्य! खूब मिलीं! मेरी प्रिया और मेरी पत्नी!

जूलियट : वह तो श्रीमान, तब हो सकता है जब मैं आपकी पत्नी हो जाऊं!

पैरिस : हो सकता है कि बृहस्पतिवार को ही ऐसा हो जाए।

जूलियट : जो होना है सो तो होगा ही।

फ्रायर लॉरेन्स : बहुत गहरी बात है यह।

पैरिस : क्या अपने धर्मपिता के सामने कुछ अपराध स्वीकृत करने आई हो?

जूलियट : इसके उत्तर में तो मुझे आपके सामने स्वीकृति देनी होगी।

पैरिस : इनसे यह न कहना कि तुम, मुझे विश्वास है कि तुम मुझे प्यार करती हो।

जूलियट : मैं तुमसे स्वीकार करती हूं कि मैं उसे प्यार करती हूं।

पैरिस : यही तो कहोगी तुम, मुझे विश्वास है कि तुम मुझे प्यार करती हो!

जूलियट : यदि ऐसा कहूं, तो कहीं ज़्यादा इसकी कीमत होगी, अगर तुम्हारे मुंह पर नहीं, पीछे कहा जाए!

पैरिस : हाय! तुम्हारा चेहरा आंसुओं से कैसा भीग रहा है!

जूलियट : आंसुत्रों की छोटी-सी जीत है, उनके पहले तो और भी बुरी हालत थी।

पैरिस : यह कहकर तुम आंसुओं से भी ज़्यादा तड़पन देती हो।

जूलियट : यह कोई अपवाद नहीं, श्रीमान! सत्य है, और जो मैंने कहा, सामने कहा आपके मुख के।

पैरिस : तुम्हारा मुंह मेरा मुंह है, तुमने उसपर लांछन लगाया।

जूलियट : ऐसा भी हो सकता है, क्योंकि यह मेरा तो है ही नहीं। धर्मपिता! क्या आपको अब अवकाश है? या मैं सान्ध्य-समुदाय-

प्रार्थना के समय आऊं?

फ्रायर लॉरेन्स : मेरे पास अवकाश है, मेरी चिन्ताग्रस्त पुत्री! अभी! हे प्रभु! हमें समय से ही अनुनय करनी चाहिए।

पैरिस : मैं भक्ति में व्याघात नहीं बनना चाहता! जूलियट! बृहस्पतिवार को मैं तुम्हें तड़के ही जगा दूंगा, तब तक, विदा! मेरा यह चुम्बन जीवित रखना!

[प्रस्थान]

जूलियट : ओ! द्वार बन्द कर दीजिए, और तब मेरे साथ आकर रोइए। आशा जा चुकी, अब कोई इलाज नहीं हो सकता। कोई सहायता नहीं रही!

फ्रायर लॉरेन्स : आह जूलियट! मैं तेरी वेदना को जानता हूं। मेरी बुद्धि के परे वह मुझे दबा रही है। मैं जानता हूं तू विवश है, और इसे टालने का कोई मार्ग नहीं। इस काउण्ट से बृहस्पतिवार को तुझे विवाह करना ही पड़ेगा!

जूलियट : ऐसा मत कहिए फ्रायर! कि आपने यही सुना है, यदि आप मुझे इसे रोकने की तरकीब नहीं बता सकते तो ऐसा मत कहिए। यदि आपकी बुद्धिमत्ता भी सहायता नहीं कर सकती, तो फिर मेरे निश्चय को आप ठीक मानें और मैं इस छुरी से अभी अपनी सहायता कर लूंगी। परमात्मा ने रोमियो से मेरे हाथ, मेरे हृदय को मिलाया है, सदा-सदा के लिए; अब वे हाथ क्या किसी और के होंगे? क्या मेरा हृदय ऐसा विश्वासघाती विद्रोह करके अन्य का हो सकेगा? यह छुरी दोनों का अन्त कर देगी। अपने दार्घ जीवन के अनुभवों से मुझे अवगत कराके उपदेश दीजिए। या सुनिए! अन्यथा मेरे मन और तन के इस संघर्ष में यह छुरी ही न्याय करेगी, जो आपकी आयु और कौशल के हाथ के बाहर की बात हो और मेरे सच्चे गौरव को जीवित न

रख सके, तो उसके अभाव को यह पूर्ण करेगी। उत्तर दीजिए! इतना विलम्ब न करिए! मैं मरना चाहती हूं, सच, यदि आप इस रोग का निदान करने में असमर्थ हो गए!

फ्रायर लॉरेन्स : ठहर! पुत्री! मुझे आशा की किरण दिखाई दे रही है, वह भी उतने ही घोर साहसपूर्ण कार्य की आकांक्षिणी है, जितना यह कार्य है जिसे मैं रोकना चाहता हूं। यदि काउण्ट पैरिस से विवाह करने के स्थान पर तुममें आत्मघात करने का साहस है, तो तुम इस अपमान को दूर करने के लिए मृत्यु जैसी ही उस चीज़ को भी स्वीकार कर सकती हो। मृत्यु से बचने को वह अवस्था मृत्यु जैसी ही दिखाई देती है। यदि तुममें साहस है तो मैं तुम्हें ओषधि दे सकता हूं।

जूलियट : पैरिस से विवाह करने के स्थान पर तो मुझे उस सामने की मीनार पर से कूद पड़ने की आज्ञा दीजिए, या मैं चोरों की तरह भाग जाऊं,या मुझे वहां छिप जाने दीजिए जहां सांप हों। मुझे गरजते हुए रीछ के साथ बांध दीजिए, या रात को मुर्दों की कोठरी में डाल दीजिए जहां मैं मुर्दों की खड़खड़ाती हड्डियों से ढक जाऊं, सड़ते हुए दुर्गन्धित शवों के, बिना जबड़ों के मुख और पांव मुझे घेर लें। या मुझे हाल की बनी कब्र में उतरने दीजिए जहां मैं मर्दे के कफन में छिप जाऊं। वे बातें जिन्हें सुनकर कलेजा दहलता था, मैं उन सबको सहने को तैयार हूं। मुझे न कोई डर होगा न शक, मैं सब कुछ कर सकती हूं कि अपने प्रियतम की पवित्र अकलंकित पत्नी बनकर रह सकूं।

फ्रायर लॉरेन्स : तो फिर सुन। घर जा। प्रसन्न रह। पैरिस से विवाह करने की स्वीकृति दे दे। कल बुधवार है। कल रात अकेली सोना, अपने कमरे में धाय को न रहने देना, यह ज़हर ले जा और बिस्तर पर लेटने पर इस ज़हर को पी जाना। यह तेरी नसों में एक बेहोशी फैला देगा, नब्ज़ की चाल रुक जाएगी, शरीर में गर्मी, सांस,

सबसे यही लगेगा कि तू जीवित नहीं है। गालों और होंठों की ललाई पर पीलापन छा जाएगा, नयनों के वातायन बन्द हो जाएंगे, जैसे मृत्यु जीवन का दिन बन्द कर देती है। शरीर के प्रत्यंग की स्फूर्ति हटकर कड़ापन, ठण्डापन छा जाएगा, ऐसा लगेगा तू मर गई है। और मृत्यु जैसी लगनेवाली इस कृत्रिम मृत्यु की सी हालत में तू बयालीस घण्टे पड़ी रहेगी और ऐसी जागेगी जैसे किसी मीठी नींद से। तो, इस तरह जब सुबह दूल्हा तुझे बिस्तर से जगाने आएगा, वह समझेगा तू मर गई, फिर अपने देश की रस्म के हिसाब से तुझे सबसे अच्छे कपड़े पहना, काठी पर धर वे तुझे उस पुराने तहखाने में ले जाएंगे जहां कैप्यूलैटों के शव रखे जाते हैं। इस बीच में जब तक तू जागे, रोमियो मेरे पत्रों से हालात जान जाएगा और यहां आ जाएगा, और तब मैं और वह तुझे जागता देखेंगे और उसी रात रोमियो तुझे मण्टुआ ले जाएगा। फिर तू इस अपमान से मुक्त हो जाएगी, यदि कोई अस्थिरता, नारी-सुलभ भय तुझे इस साहसपूर्ण कार्य में रोकने का अवसर नहीं पाता।

जूलियट : दीजिए! मुझे दीजिए! मुझसे भय की तो बात न करिए।

फ्रायर लॉरेन्स : ठहर! यह ले। अब जा और अपने निश्चय में दृढ़ और गम्भीर रह। मैं एक पादरी को तेज़ी से मण्टुआ की ओर भेजता हूं। वह मेरा पत्र तेरे स्वामी के पास ले जाएगा।

जूलियट : प्रेम! मुझे शक्ति दे! शक्ति ही उद्धार कर सकेगी! विदा पूज्य धर्मपिता!

[प्रस्थान]

दृश्य 2

[कैप्यूलैट भवन में एक हॉल]

[श्रीमती कैप्यूलैट, कैप्यूलैट, धाय और दो नौकरों का प्रवेश]

कैप्यूलैट : ये जो लिखे हैं, इन अतिथियों को सूचना देनी है।

[एक सेवक का प्रस्थान]

जाओ, तुम बीस चतुर रसोइयों को ले आओ मज़दूरी पर।

दूसरा सेवक : श्रीमान! क्या आवश्यकता है! हम तो ऐसा कर देंगे, आप जो देखिए कि वे अपनी उंगलियां चाटते उठेंगे।

कैप्यूलैट : वह कैसे कर सकते हो तुम?

दूसरा सेवक : श्रीमान! बुरा बावर्ची ही अपनी उंगलियां नहीं चाटता, और जो उंगलियां अपनी नहीं चाट सकता, वह मेरे साथ चल नहीं पाता।

कैप्यूलैट : अच्छा, तू जा!

[दूसरे सेवक का प्रस्थान]

कितना कम समय है, हम क्या तैयारी कर पाएंगे? कुछ नहीं। अरे! पुत्री कहां है? क्या वह फ्रायर लॉरेन्स के यहां गई है?

धाय : निश्चय!

कैप्यूलैट : हो सकता है उसका कुछ अच्छा असर पड़े। कैसी मूर्ख जड़ता है। नालायक लड़की!

[जूलियट का प्रवेश]

धाय : लो, आ गई पादरी के यहां से। बड़ी ही खुश दिखाई दे रही है।

कैप्यूलैट : क्यों री हठीली! कहां घूमती फिर रही है इधर-उधर?

जूलियट : वहां गई थी, जहां से आपका और आपकी इच्छा का दुर्विनीत विरोध करने के पाप के पश्चात्ताप के लिए, मुझे पूज्य लॉरेन्स

ने साष्टांग दण्डवत् करने भेजा है, ताकि आपसे क्षमा मांग सकूं। क्षमा दीजिए मुझे, मैं विनती करती हूं। आइन्दा हमेशा मैं आपके हुक्म को सिर झुकाकर मानूंगी।

कैप्यूलैट : काउण्ट को इसकी सूचना भिजवाओ। कल सुबह ही मैं इस गांठ को बांध दूंगा।

जूलियट : मैं उनसे लॉरेन्स के निवासस्थान में मिली थी और जो कुछ मैं कर सकती थी, लज्जा की मर्यादा का उल्लंघन किए बिना, वैसा स्वागत मैं उनका कर चुकी हूं।

कैप्यूलैट : मुझे इसकी प्रसन्नता है। उठो। अब वह हुआ जो होना चाहिए था। मैं काउण्ट से मिलूंगा। अब जाओ, प्रसन्नता से, उसे यहां बुलवाओ। सच, इस पूज्य पादरी का सारा नगर कृतज्ञ है!

जूलियट : धाय! मेरे साथ कमरे में चलोगी कि मैं अपने गहने चुन सकूं जो मेरे लिए कल के योग्य हों?

श्रीमती कैप्यूलैट : नहीं, बृहस्पति से पहले नहीं। अभी काफी समय है।

कैप्यूलैट : जाओ धाय! इसके साथ जाओ। कल हम गिरजे चलेंगे।

[जूलियट और धाय का प्रस्थान]

श्रीमती कैप्यूलैट : हमारी तैयारी में कमी रह जाएगी। अब रात हो चली।

कैप्यूलैट : हिश! मैं जागूंगा। और श्रीमती, पक्की बात कहता हूं कि सब ठीक हो जाएगा। तुम जूलियट के पास जाओ और उसका शृंगार करने में सहायता दो। मैं आज रात नहीं सोऊंगा। मुझे अकेला छोड़ दो। एक बार मैं गृहिणी बनूंगा। अरे, सब काम में लगे हैं! अच्छी बात है। मैं ही काउण्ट पैरिस के यहां जाता हूं, ताकि कल सुबह के लिए

उसे तैयार कर दूं। मेरा हृदय आश्चर्यजनक रूप से स्फूर्ति से भरा है, क्योंकि यह भटकती लड़की इस तरह फिर ठीक हो गई है।

[प्रस्थान]

दृश्य 2

[जूलियट का कमरा]

[जूलियट और धाय का प्रवेश]

जूलियट : हां! वे कपड़े सबसे अच्छे हैं। पर मेरी अच्छी धाय मां! मैं विनती करती हूं, आज रात मुझे अकेली छोड़ देना, क्योंकि मुझे कई प्रार्थनाएं करनी हैं जिससे मुझपर भगवान की दया हो सके; तू तो जानती है, वह भाग्य कितना विपरीत है मेरे, और मैं कैसी "पापिनी हूं।

[श्रीमती कैप्यूलैट का प्रवेश]

श्रीमती कैप्यूलैट : अरी! तुम इतनी व्यस्त हो! मैं कोई काम करूं तुम्हारा?

जूलियट : नहीं मां! कल के योग्य आवश्यक वस्तुओं को हमने उचित रूप से चुन लिया है। अब आप मुझे अकेला छोड़ दें और धाय रात को आपकी सेवा में रहे, क्योंकि मुझे निश्चय है, आकस्मिक कार्य के आने से आपपर कितने काम का बोझा आ गया है!

श्रीमती कैप्यूलैट : अच्छा, तुम सोओ अब! तुम्हें आराम की ज़रूरत है।

[श्रीमती कैप्यूलैट और धाय का प्रस्थान]

जूलियट : विदा! भगवान जानता है हम फिर मिलेंगे। मेरी धमनियों में एक धुंधला ठंडा भय स्फुरित हो रहा है; लगता है जैसे जीवन-शक्ति की सारी ऊष्मा को वह बर्फ की तरह जड़ीभूत किए दे

रहा है। मैं उन्हें अपने पास फिर बुला लूं कि वे मुझे साहस बंधा सकें, धाय! ... लेकिन वह यहां क्या करेगी? अपना यह भयानक काण्ड मुझे एकान्त में ही करना चाहिए। आह! विष! कहीं इसने कोई भी असर न किया तो? तो क्या कल प्रातःकाल मेरा विवाह हो जाऐगा? नहीं, नहीं, यह उसे रोक देगा। पड़ा रह यहीं।

[एक छुरा रखती है।]

और यदि यह विष ही हो जो पादरी ने मुझे चुपचाप मार डालने को दिया हो कि कहीं वह विवाह कलंकित न हो जाए, जो स्वयं उसीने रोमियो और मेरा सम्बन्ध जोड़कर कराया है? मुझे यही डर है। पर फिर भी मैं सोचती हूं, यह नहीं हो सकता, क्योंकि वह तो एक पवित्र व्यक्ति है, कौन नहीं जानता। और जो कहीं कब्र में लिटाई जाने पर मैं रोमियो के छुड़ाने आने के पहले जाग गई तो? यह एक भयानक बात है। तो क्या मैं उस कब्र में तब घुट नहीं जाऊंगी? वहां स्वच्छ वायु तो पहुंचती ही नहीं। कहीं अपने रोमियो के आने के पहले ही मैं घुटकर मर गई तो? यदि मैं जीवित भी रही, क्या ऐसा तो न होगा कि मृत्यु और रात के भीषण अन्धकार में, उस डरावनी जगह में, कब्र जैसी जगह में पुरानी कब्र, जहां सैकड़ों बरसों से मेरे पूर्वजों की हड्डियां गड़ी हैं, भरी हुई हैं, जहां खूनी टाइबॉल्ट अभी धरती में ताज़ा पड़ा है, कफन सड़ता हुआ; जहां लोग कहते हैं, रात के किसी पहर में आत्माएं डोलती हैं...मैं रह सकूंगी? उफ, उफ! कहीं जल्दी जाग गई मैं!! तो उस दुर्गन्ध और चीत्कारों से ऐसी न हो जाऊं, जैसे धरती से मैण्ड्रेक[1] उखाड़ने पर हो जाए कोई, कि जीवित-मर्त्य उसे पागल-सा भागते देखें! जाग गई मैं तो इन विकराल वस्तुओं को देखकर

---

1. एक पौधा, जिसकी जड़ के बारे में यह समझा जाता था कि उसकी जड़ मनुष्याकृति की होती है और जब उसे धरती से उखाड़ा जाता है तो उखाड़नेवाला पागल हो जाता है या मर जाता है।

पागल न हो उठूंगी मैं! क्या मैं पागल की तरह पूर्वजों की हड्डियों से खेलूंगी? कटे हुए टाइबॉल्ट को उसके कफन से निकाल लूंगी और उसी क्रोध में, किसी महान पूर्वज की हड्डी को डंडे की तरह चलाकर अपना सिर फाड़ लूंगी, अपना अशक्त मस्तिष्क नष्ट कर लूंगी? उफ! देखो! देखो! मुझे लगता है टाइबॉल्ट का प्रेत रोमियो को ढूंढे रहा है, जिसने तलवार की नोक पर उसका शरीर उठाकर फेंक दिया था! टाइबॉल्ट! ठहर जाओ! रोमियो! मैं आ रही हूं। यह मैं तेरे लिए पीती हूं।

[वह शय्या पर मसहरी के भीतर गिर जाती है]

दृश्य 4

[कैप्यूलैट के घर का हॉल]

[श्रीमती कैप्यूलैट और धाय का प्रवेश]

श्रीमती कैप्यूलैट : लो यह चाबियां धाय! और मसाले लाओ।

धाय : वे रसोई के लिए खजूर और श्रीफल मांग रहे हैं।

[कैप्यूलैट का प्रवेश]

कैप्यूलैट : अरे, जल्दी-जल्दी हाथ चलाओ। दूसरे मुर्गे ने भी बांग दे दी। सुबह के घंटे बज चुके। तीन बज चुके हैं। अच्छी एंजिलिका! पैसे की चिन्ता न करो! देखो, मांस कैसा पका है!

धाय : आप जाइए, औरतों के कामों में दिलचस्पी लेने आ गए! जाकर सोइए। सच! कल कहीं रात-भर जागने से आपकी तबियत न खराब हो जाए।

कैप्यूलैट : बिलकुल नहीं होगी! अरे कई बार बहुत मामूली बातों के लिए रात-रात-भर जागा हूं, और कभी बीमार न पड़ा।

श्रीमती कैप्यूलैट : अपने समय में आप स्त्रियों के शिकारी रह

चुके हैं, पर अब मैं उस शिकार की भी चौकसी करूंगी!

[श्रीमती कैप्यूलैट और धाय का प्रस्थान]

कैप्यूलैट : क्या ईर्ष्यालु स्त्री है! कैसी जलन है!

[तीन-चार नौकरों का प्रवेश। मांस भूनने के सींखचे, लक्कड़ और टोकरियां लिए हुए हैं।]

हां जी! क्या लाए हो!

एक नौकर : सरकार! रसोइए के लिए सामान, पता नहीं सरकार क्या हैं यह!

कैप्यूलैट : जल्दी करो! जल्दी करो!

[पहले नौकर का प्रस्थान]

अरे, ज़रा सूखी लकड़ी लाओ! पीटर को बुलाओ, वह बताएगा तुम्हें, कहां रखी हैं वे!

दूसरा नौकर : सरकार लक्कड़ तो मैं ढूंढ़ लाऊंगा, इतना तो मैं ही समझता हूं, इस बात के लिए पीटर की क्या ज़रूरत है?

कैप्यूलैट : लुच्चा! खूब बोलता है! हां! बुद्धू!

[दूसरे नौकर का प्रस्थान]

अरे! सच, सबेरा हो गया। अब काउण्ट आते ही होंगे, संगीतज्ञों के साथ! उन्होंने यही तो कहा था।

[नेपथ्य में संगीत]

वे आ रहे हैं धीरे-धीरे! धाय! श्रीमती! अरे! सुनो! धाय, धाय!

[धाय का पुनः प्रवेश]

जाओ, जूलियट को जगा दो और उसका साज-सिंगार कर दो। मैं जाता हूं, पैरिस से बातचीत करता हूं। फौरन, जल्दी करो, जल्दी! दूल्हा तो आ भी गया। मैं कहता हूं, जल्दी करो।

[प्रस्थान]

दृश्य 5

[जूलियट का कमरा]

[धाय का प्रवेश]

धाय : मालकिन! मेरी मालकिन! जूलियट! अरे! ऐसी नींद! गहरी नींद! मेरी मालकिन! अरे, कितनी सीधी है, भेड़ के मेमने-सी! अरे, उठो भी! क्या देर तक सोती हो! अरी दुलहिन हो! बोलो न? अब क्या मोल ले रही हो? हफ्ते-भर तक सोओ! पर मैं कहती हूं काउण्ट पैरिस ने पूरा इन्तज़ाम कर रखा है कि अगली रात ज़रा न सोने देगा। हे भगवान! कैसी गहरी नींद है, जगाऊं इन्हें। श्रीमती! श्रीमती! श्रीमती! काउण्टी तुम्हें बिस्तर पर ही घेर ले। मर जाओगी सचमुच! है न यही बात!

[मसहरी के पर्दे खींचती है]

अरे कपड़े पहने ही सोई हो! जगाऊं तुम्हें मैं! जागो, श्रीमती! श्रीमती! श्रीमती! हैं! दौड़ो! दौड़ो! मालकिन मर गई! हाय, क्या दिन है कि मैं इसे देखने को रही। मुझे कुछ मदिरा दो! हे भगवान! मेरी मालकिन!

[श्रीमती कैप्यूलैट का प्रवेश]

श्रीमती कैप्यूलैट : यह कैसा शोर हो रहा है।

धाय : कैसा अभागा दिन है!

श्रीमती कैप्यूलैट : अरे बात क्या हुई?

धाय : देखिए! देखिए! हाय रे दुर्दिन!

श्रीमती कैप्यूलैट : हाय! हाय! मेरी बच्ची! मेरी एकमात्र पुत्री! जागो बेटी! देखो, नहीं तो मैं भी तुम्हारे साथ ही मर जाऊंगी। दौड़ो, दौड़ो। अरे बचाओ!

[कैप्यूलैट का प्रवेश]

कैप्यूलैट : अरे धिक्कार है! जूलियट को लाओ न?' उसके स्वामी आ गए!

धाय : वह मर गई है। वह मर चुकी है! हाय रे मनहूस दिन!

श्रीमती कैप्यूलैट : अरे कठोर दिन! वह मर गई है, वह मर गई है, वह मर चुकी है।

कैप्यूलैट : हाय, मुझे देखने दो! उफ! सचमुच! वह तो ठंडी पड़ गई है। उसका लोहू जम गया है और अंग-अंग अकड़ गए हैं। इन होंठों से जीवन पहले ही बिछुड़ चुका है। खेत के सबसे सुन्दर फूल पर जमे हुए अकाल तुषार-सी मृत्यु उसपर छा गई है।

धाय : अरे, अभागे दिन!

श्रीमती कैप्यूलैट : हाय, हाय रे मनहूस दिन!

कैप्यूलैट : मृत्यु, जिसने उसे मुझसे छीन लिया है, मुझे रुलाने को, वही मेरी जिह्वा को बांधे दे रही है और मुझे बोलने भी नहीं देती।

[फ्रायर लॉरेन्स और पैरिस का संगीतज्ञों के साथ प्रवेश]

फ्रायर लॉरेन्स : चलिए! क्या दुलहिन गिरजे चलने को तैयार हो गई?

कैप्यूलैट : चलने को तैयार है, पर लौटने को कभी नहीं। आह पुत्र! तुम्हारे विवाह से पहली रात को काल तुम्हारी पत्नी के साथ सो गया। वह देखो, वह सो रही है। फूल-सी थी वह, उसने उसको विकृत कर दिया। काल मेरी पुत्री का पति है, काल मेरा उत्तराधिकारी है, उसने मेरी बेटी से ब्याह किया है। मैं मर जाऊंगा और सब कुछ उसीके लिए छोड़ जाऊंगा। जीवन-जायदाद, सब कुछ काल का ही है।

पैरिस : क्या इसी प्रभात की मैं इतने दिन से प्रतीक्षा किया करता था? क्या उसे मुझे यही दृश्य दिखाना था?

श्रीमती कैप्यूलैट : अभागे, दुखिया, घृणित, जघन्य दिवस! अपनी अनथक यात्रा में चलते हुए समय ने सम्भवतः यह सबसे कुरूप क्षण देखा है! केवल एक, एक, बेचारी छोटी-सी, प्यारी-प्यारी बच्ची, जिसे देख मन प्रसन्न होता था, जिसमें मन को सांत्वना मिलती थी और इस निर्दय मृत्यु ने मेरी आंखों से उसे भी छीन लिया!

धाय : अरी वेदने! ओ दारुण, क्रूर, बीभत्स दिवस! ओ हतभाग! घोर भयानक दिवस! आज तक मैंने ऐसा दिन नहीं देखा। ओ घृणित, घृणित, दिवस! कैसा अंधकार-भरा दिन है, कुछ नहीं दिखता, कुत्सित दिवस!

पैरिस : मैं लुट गया, मेरे साथ अन्याय हुआ है, मुझे त्याग दिया गया, मुझसे ईर्ष्या की गई है, मेरी हत्या हो गई है। ओ नीच घृणित काल! तूने मुझे विनष्ट कर दिया छलिया! ओ निर्दय, कठोर निर्दय, तूने तो मुझे जड़ से ही उखाड़ दिया। ओ प्रेम! ओ जीवन! जीवन नहीं, मृत्यु में केवल प्रेम!

कैप्यूलैट : घृणित, व्याकुल, कुत्सित! आहत! नहीं, शहीद हो गए, ओ कष्टकर समय! आह! हमारे आनन्द की हत्या की है? मेरी बच्ची, मेरी बच्ची, मेरी आत्मा थी वह, वह मेरी बच्ची नहीं थी! अरे तू मर गई है। धिक्कार है। मेरी बच्ची मर गई है, और उसके साथ ही मेरी खुशियां भी हमेशा के लिए दफन हो गई हैं।

फ्रायर लॉरेन्स : परमात्मा के लिए धैर्य रखो! घबराहट का इलाज घबराहट में नहीं है। ईश्वर का और तुम्हारा इस सुन्दर बालिका से सम्बन्ध था, अब केवल ईश्वर का ही रह गया है, और बालिका के लिए तो यह और भी अच्छा है। तुम अपने सम्बन्ध से उसे मृत्यु से नहीं बचा सकते थे, किन्तु परमात्मा का सम्बन्ध अनन्त जीवन से है। अधिक से अधिक तुम उसकी उन्नति कर सकते थे, क्योंकि तुम्हारी कामना थी कि

उसकी प्रगति हो ! अब मेघों के ऊपर, स्वयं स्वर्ग तक हुई उसकी प्रगति देखकर तुम रो रहे हो ? इस प्रेम में तुम अपनी बच्ची से कितना कम प्यार कर रहे हो कि तुम पागल हो गए हो, और वह भी यह देखकर कि वह ठीक है। वह स्त्री अच्छी तरह विवाहित नहीं है, जो बहुत दिन विवाहित जीवन व्यतीत करती है, किन्तु वही श्रेष्ठतम विवाहित है जो शीघ्र ही दिवंगता होती है। अपने अश्रुओं को रोक लो। रोज़मेरी को इस सुन्दर शव पर लगाओ, जैसीकि रस्म है, उसके पूर्ण वैभव से उसे गिरजे ले चलो, क्योंकि यद्यपि स्नेह-भरी प्रकृति हमें विलाप की ओर प्रेरित करती है, फिर भी प्रकृति के अश्रु विवेक के मनोरंजन के ही साधन-मात्र हैं।

कैप्यूलैट : हमने जिस सबको उत्सव बनाने की कामना की थी, वह सब मृत्यु की छाया में शव-संस्कार में बदल गया। हमारे बाजे वेदना की गत छेड़ें, विवाह का आनन्दमय भोजन दुःखमय संस्कार का भोजन बन जाए, हमारे पवित्र मंगल गीत अवसाद-भरे मन्त्रोच्चारण में डूब जाएं और विवाह के वे मनोहर कुसुम पृथ्वी में समाए शव पर बिखर जाएं, जो कुछ है वह सब विपरीत हो जाए !

फ्रायर लॉरेन्स : श्रीमान ! आप भीतर जाइए। श्रीमती ! आप उनके साथ जाए ! श्रीमान पैरिस ! आप भी जाइए। प्रत्येक अपने को शव के साथ कब्र तक जाने को तत्पर कर ले।

परमात्मा किसी पाप के कारण आपसे क्रुद्ध है। अब और उसकी इच्छा का विरोध करके उसका क्रोध न बढ़ाइए।

[कैप्यूलैट, श्रीमती कैप्यूलैट, पैरिस और फायर लॉरेन्स का प्रस्थान]

एक संगीतज्ञ : अच्छा हो हम अपने बाजे लें और अब चले जाएं।

धाय : यही करो भाइयो ! तुम भी कितने भले हो ! बन्द कर दो, बन्द कर दो सब ! कैसी दारुण घटना है।

[प्रस्थान]

एक संगीतज्ञ : सच! मैं तो कुछ शोधन करना चाहता हूं।

[पीटर का प्रवेश]

पीटर : संगीतज्ञो! गायको! 'हृदय की शान्ति...हृदय की शान्ति! ' मैं कहता हूं वही बजाओ—'हृदय की शान्ति!'

एक संगीतज्ञ : 'हृदय की शान्ति' क्यों?

पीटर : ओ संगीतज्ञो! क्योंकि मेरा हृदय स्वयं गा रहा है—'मेरा हृदय दुःख से भरा है।' कुछ उठानेवाली चीज़ बजाओ! मुझे सांत्वना दो!

एक संगीतज्ञ : अजी, यह कोई उठाने की बात है! यह कोई बजाने का वक्त है?

पीटर : तो क्या तुम नहीं बजाओगे?

एक संगीतज्ञः नहीं।

पीटर : तब मैं तुम्हें अच्छी तरह दूंगा।

एक संगीतज्ञ : क्या दोगे तुम हमें?

पीटर : कसम से पैसा नहीं, कड़ी फटकार। मैं तुम्हें गवैया पुकारूंगा। चारण!

एक संगीतज्ञ : तो तुम्हें नीली चीज़ दे दूंगा कोई।

पीटर : तो यह नौकरों वाला छुरा भोंक दूंगा तुम्हारे पेट में। मैं इस तरह ज़लील नहीं हो सकता। मैं तुम्हें वह हाथ दूंगा कि याद करोगे! समझे?

एक संगीतज्ञ : अच्छा यह बात है! ये हाथ चलेंगे?

दूसरा संगीतज्ञ : अरे भाई छुरा, भीतर रखो और अक्ल दुरुस्त करो।

पीटर : तो फिर झेल लो मेरी अक्ल! जवाब में खोखला कर दूंगा। मैं लोहे का अपना छुरा रखे लेता हूं। जवाब दो मर्दों की तरह मुझे—जब रिसती हुई वेदना हृदय को घायल कर देती है और उदासीन वेदना

मानस को दबाने लगती है तब संगीत अपने रजत स्वर से...? रजत स्वर क्यों? क्यों? संगीत अपने रजत स्वर से...? तुम्हारी क्या राय है, साइमन कैटलिंग?

एक संगीतज्ञ : श्रीमान, क्योंकि रजत यानी चांदी में मीठी आवाज़ आती है।

पीटर : ठीक है। हफ रैबैक! तुम इस बारे में क्या कहते हो?

दूसरा संगीतज्ञ : मैं समझता हूं रजत ध्वनि, यानी रजत स्वर का मतलब है...क्योंकि संगीतज्ञ रजत यानी चांदी के लिए गाते-बजाते हैं।

पीटर : बहुत ठीक! और जेम्स साउण्डपोस्ट तुम्हारी क्या राय है?

तीसरा संगीतज्ञ : पता नहीं, समझ में नहीं आता क्या कहूं!

पीटर : ओ! दया करो! तुम ही गायक हो! तुम्हारे लिए मैं कह सकता हूं। 'संगीत अपने रजत स्वर से' जानते हो, यों है यह कि संगीतज्ञों के पास ध्वनि के लिए सोना नहीं है.........तब संगीतज्ञ अपने रजत स्वर से शीघ्र ही वेदना को कम करता है।

[प्रस्थान]

एक संगीतज्ञ : क्या ज़बर्दस्त लुच्चा है यह कमबख्त!

दूसरा संगीतज्ञ : मरने दो उसे जैक! चलो हम लोग चलें भीतर, शोकग्रस्तों की प्रतीक्षा करें और खाने तक रुक जाएं।

[प्रस्थान]

पांचवां अंक

दृश्य 1

[मण्टुआ। पथ]

[रोमियों का प्रवेश]

रोमियो : यदि मैं निद्रा का वह चाटुकार सत्य स्वीकार कर लूं तो शीघ्र ही मेरे सपनों के अनुसार मुझे कुछ अच्छा संवाद मिलना चाहिए। मेरे हृदय का स्वामी अपने सिंहासन पर आराम से बैठा है और अचानक एक अनिर्वचनीय प्रेरणा मुझे आनन्द से पृथ्वी से उठा देती है। मैंने स्वप्न में अपनी प्रिया को आते देखा। उसे मैं मृत मिला—विचित्र स्वप्न था, मुर्दे को भी सोचने की छुट्टी देने वाला—आई और अपने अधरों के चुम्बन से जीवन का श्वास फूंकने लगी और मैं जाग उठा और सम्राट बन गया। आह, मैं! प्रेम आत्मरति में कितना मधुर है, जब उसकी छाया ही आनन्दसे इतनी ओतप्रोत है!

[बालथैसर का प्रवेश, भयभीत है]

वेरोना से खबर आई है बालथैसर? बोलो! क्या पादरी से तुम मेरे लिए पत्र लाए हो? मेरी श्रीमती कैसी हैं? पिता तो अच्छे हैं? मेरी जूलियट का क्या हाल है! मैं फिर पूछता हूं यह। यदि वह ठीक है तो सब ठीक है।

बालथैसर : तब वे ठीक हैं और सब ठीक है। उनका शरीर कैपिल के स्मारक में विश्राम कर रहा है और उनका अमर अंश देवदूतों के साथ रहता हैं। मैंने उनके सगोत्रियों के दफनाने के तहखाने

में उनको उतारे जाते देखा और तुरन्त आपको समाचार देने पड़ा। यह दुःसंवाद लाने के लिए मुझे क्षमा करें। पर आपने मुझे इसी काम पर लगाया था मालिक!

रोमियो : अच्छा! यह बात है? तब मैं तुम्हारा प्रतिकार करता हूं आकाश के ग्रहो! तुम मेरा घर जानते हो, जाओ, स्याही और कागज़ ले पाओ और किराये पर घोड़े ले लो यात्रा के लिए। मैं रात को जाऊंगा।

बालथैसर : श्रीमान! मैं विनती करता हूं, धैर्य धरिए! आप का चेहरा कितना पीला और भयानक लग रहा है, मुझे कुछ खतरनाक बात होनेवाली नजर आती है।

रोमियो : तू धोखा खा रहा है। मुझे छोड़ और वह कर जो मैंने कहा है। क्या पादरी ने तुझे मेरे लिए कोई पत्र दिया है?

बालथैसर : नहीं मालिक!

रोमियो : कोई बात नहीं। तू जा और घोड़े तय कर। मैं सीधा तेरे पास आ रहा हूं।

[बालथैसर का प्रस्थान]

अच्छा जूलियट! आज रात मैं तेरे पास सोऊंगा। मैं भी कोई राह खोज लूं इसकी! ओ कुटिलते! तू भी निराश व्यक्तियों के विचारों में कितनी शीघ्रता से प्रवेश कर जाती है। मैं भी एक दवाईवाला जानता हूं। वह पास ही रहता है, अभी कुछ दिन हुए मैंने उसे फटे कपड़ों में देखा था, माथे पर चिन्ता थी उसके, दवाएं बेचता, दीन मलिन। गरीबी ने उसे हड्डी तक खा डाला है और उसकी बेसामान दुकान में एक कछुआ लटका था, एक मगर था मसाले-भरा और कुरूप मछलियों की खालें थीं। उसकी अलमारियां खाली बक्सों का गरीबखाना था, हरे मिट्टी के बर्तन, दुर्गन्धित बीज और थैले, बांधने के डोरों के टुकड़े और गुलाब की पुरानी टिकिया थी वहां बिखरी हुई मानो सजावट की कोशिश की गई थी। इस दीनता

को देखकर मैंने अपने-आपसे कहा था कि यदि किसी मनुष्य को विष की आवश्यकता हो, जिसका मण्टुआ में अब विक्रय वर्जित है, तो यह वह नीच है जो उस विष को भी बेच देगा। आह! मेरी आवश्यकता ने पहले से ही मुझे विचार दिया था और यही ज़रूरतमन्द मुझे ज़हर बेच भी देगा। जहां तक में याद करता हूं, यही उसका मकान होना चाहिए, पर छुट्टी का दिन है, भिखारी की दुकान बन्द है। अरे, वह रहा! अरे सुनो! दवाईवाले!

[दवाईवाले का प्रवेश]

दवाईवाला : कौन इतनी ज़ोर से बुला रहा है।

रोमियो : यहां आओ जी! मैं देखता हूं तुम दरिद्र हो। यह लो चालीस सिक्के! मुझे थोड़ा ज़हर दे दो। ऐसा तेज़ कि फौरन नसों में फैल जाए और जिन्दगी से ऊबा हुआ जो पिए तुरन्त मरकर गिर पड़े। ऐसा ज़हर दो कि धड़ से एकदम जान निकल जाए जैसे तोप में आग लगाते ही बारूद का गोला धड़ से छूट जाता है।

दवाईवाला : मेरे पास ऐसी मारनेवाली दवाएं हैं, लेकिन मण्टुआ के कानून में जो ऐसी बात करता है उसकी सज़ा मौत है।

रोमियो : इस कदर गुरबत और मुसीबत में रहकर भी तुम मौत से डरते हो? तुम्हारे गालों में अकाल बसा हुआ है, आंखों में ज़रूरत और परेशानी भी भूखी मरती दिखाई दे रही है। घृणा और भीख मांगने की मजबूरी तुम्हारी पीठ पर लदी है। यह संसार तुम्हारा मित्र नहीं है, न संसार का कानून ही। संसार में ऐसा कोई कानून नहीं जो तुम्हें धनी बना सके। इसलिए गरीब मत रहो, कानून तोड़ दो और इसे स्वीकार करो।

दवाईवाला : मेरी इच्छा नहीं, मेरी गरीबी इसे मंज़ूर करती है।

रोमियो : मैं तुम्हारी गरीबी की कीमत देता हूं, तुम्हारी इच्छा की नहीं।

दवाईवाला : इसे किसी तरल वस्तु में डाल देना और पी जाना

और अगर तुममें बीस आदमियों की जितनी ताकत होगी, तो भी यह तुम्हें सीधे पहुंचा देगा, फौरन!

रोमियो : यह लो सोना, मनुष्यों की आत्माओं के लिए और भी भयानक विष, जो घृणित संसार में कहीं अधिक हत्या करवाता है, उन दवाओं के मुकाबले में जिन्हें तुम बेचते हो। मैं तुम्हें विष बेचता हूं। तुमने मुझे विष नहीं बेचा। विदा। रोटी खरीदो और ताकतवर बनो! हृदय को स्फूर्ति देनेवाली वस्तु है, विष नहीं! चल मेरे साथ, जूलियट की कब्र में, क्योंकि वहीं मैं तेरा प्रयोग करूंगा।

[प्रस्थान]

दृश्य 2

[फ्रायर लॉरेन्स का निवासस्थान]

[फ्रायर जॉन का प्रवेश]

फ्रायर जॉन : पवित्र फ्रांसिसकन पादरी! बंधु! कहां हैं?

[फ्रायर लॉरेन्स का प्रवेश]

फ्रायर जॉन : यह तो फ्रायर जॉन का ही स्वर होना चाहिए। मण्टुआ से आए हैं। रोमियो ने क्या कहा? अगर उसने अपना विचार लिखकर दिया तो उसका पत्र दे दें।

फ्रायर जॉन : मैं एक नंगे पांव बन्धु को ढूंढ़ने आया था, अपने संप्रदाय के, उनसे मुलाकात करने, बीमारों को देखते-भालते इसी नगर में उन्हें पाया और नगर के स्वास्थ्यरक्षकों ने हमें एक ही घर में, समझा कि शायद यहां छूत की बीमारी हो, बंद कर दिया, दरवाज़ों पर मुहर लगा दी, हमें बाहर नहीं निकलने दिया, इस वजह से मण्टुआ मैं नहीं जा सका।

फ्रायर लॉरेन्स : मेरा पत्र रोमियो के पास कौन ले गया?

फ्रायर जॉन : मैं उसे न भेज सका, वह यह रहा, न मुझे कोई आदमी मिल सका कि तुम्हारे पास भिजवा देता, छूत का रोग इतना भयानक माना उन लोगों ने, वे डर गए थे।

फ्रायर लॉरेन्स : ओ दुर्भाग्य! और मेरे ही बंधु-दल द्वारा! पत्र अच्छा नहीं है, इसमें बड़ी आवश्यक बातें थीं। इसकी उपेक्षा का परिणाम भयानक हो सकता है। फ्रायर जॉन! तुरन्त जाओ और मेरे निवास स्थान पर एक लोहे का डंडा लेकर पहुंचो जिससे भारी चीज़ को अड़ाकर उठाया जा सके!

फ्रायर जॉन : बंधु! मैं जाता हूं, अभी ले जाऊंगा।

[प्रस्थान]

फ्रायर लॉरेन्स : अब मुझे अकेले ही स्मारक में जाना चाहिए। इन तीन घंटों में सुन्दर जूलियट जाग उठेगी। वह मुझे कितना शाप देगी कि रोमियो को इस बारे में कुछ पता ही नहीं है। पर मैं मण्टुआ को फिर लिखूंगा और जब तक रोमियो आए, अपने निवास-स्थान पर जूलियटको छिपा दूंगा। बेचारी जीवित शव! मुर्दे की कब्रमें बन्द है।

[प्रस्थान]

दृश्य 3

[गिरजे के पास कब्रिस्तान। उसमें कैप्यूलैट का स्मारक-गृह]

[पैरिस का अपने सेवक के साथ प्रवेश जो फूल और मशाल लिए हैं]

पैरिस : ला मुझे मशाल दे दे लड़के और अब हट जा यहां से अलग। इसे बुझा दे, ताकि मैं दिख़ू नहीं। उधर सदाबहार पेड़ों के नीचे तू अकेला लेट जा और पोली धरती पर कान लगाए रख, जो कब्रिस्तान

में पैरों की चाप सुनाई दे। तू तुरन्त सुन लेगा क्योंकि यहां कब्रें खोदी जाती रहने के कारण मिट्टी ढीली है, फुरफुरीसी रवां रवां। सुने तो मुझे सीटी देकर इशारा करना, जो तू किसी को इधर आते देखे। ला फूल मुझे दे और मेरी बात का ध्यान रख। आज्ञा का उचित रूप से पालन कर।

नौकर : (स्वगत) कब्रिस्तान में अकेले खड़े होते मुझे डर लगता है, पर फिर भी हिम्मत करूंगा ही।

[जाता है]

पैरिस : मधुर कुसुम! पुष्पों से मैं तेरी परिणय-शय्या को सजाता हूं। अरी वेदने! तेरी छत्रधूलि और पाषाण हैं जिसे प्रत्येक रात्रि में मैं मधुर नीहारों से अभिसिंचित करूंगा। और यदि उनका भी अभाव होगा तो आर्तनादों से पवित्र हुए अश्रु ही यह कार्य पूर्ण करेंगे। तेरी अंत्येष्टि-क्रिया के लिए प्रत्येक रात्रि में मैं तेरी कब्र के पास आकर रोऊंगा।

[नौकर सीटी बजाता है]

लड़का मुझे सावधान करता है कि कोई आ रहा है? कौन-सा अभिशाप-चरण है जो आज रात यहां आ रहा है? मेरी लगन-भरी क्रियाओं और सच्चे प्रेम के संस्कारों में व्याघात डालने! और मशाल लेकर! रात्रि! मुझे कुछ देर अपने आंचल में छिपा ले।

[हट जाता है]

[रोमियो और बालथैसर का प्रवेश; मशाल और फावड़ा इत्यादि लिए]

रोमियो : वह फावड़ा और पेचकस मुझे दे दे, यह पत्र ले। और तड़के ही मेरे स्वामी, यानी मेरे पिता को दे देना। मुझे मशाल दे दे और अपनी सौगंध देता हूं, सुन ले, जो भी सुने या देखे, चुप अकेले खड़े रहना, बीच में मुझे रोकना नहीं। मैं इस मौत के बिस्तर में क्यों उतर रहा हूं बताऊं? अपनी प्रिया का मुख देखने और विशेष तो उसकी मुर्दा

उंगली से एक बहुमूल्य अंगूठी उतारने जो मेरे बहुत काम की चीज़ है, इसलिए तू हट जा, चला जा। और जो उत्सुकता से तू भेद लेना चाहेगा कि मैं अब क्या करता हूं, तो कसम से मैं तेरे टुकड़े-टुकड़े करके तुझे इस भूखे कब्रिस्तान में बिखेर दूंगा। समय और मेरे इरादे बड़े भयानक हो उठे हैं, और भी विकराल और निष्ठुर, जितना न गर्जन करते चीते होते हैं, न विक्षुब्ध समुद्र ही।

बालथैसर : मैं चला जाऊंगा श्रीमान! आपको कष्ट न दूंगा।

रोमियो : इस प्रकार तू मुझसे मित्रता निभाएगा। तू यह ले, जीवित रह! समृद्ध हो। विदा, मेरे अच्छे सेवक!

बालथैसर : (स्वगत) तब ठीक है, मैं निकट ही छिप जाऊंगा मुझे इनकी सूरत देखकर डर लग रहा है। मुझे इनकी नीयत पर शक हो रहा है।

[जाता है]

रोमियो : ओ घृणित पेट! ओ मृत्यु के गर्भ! पृथ्वी के सुन्दर टुकड़े को तू निगल गया! अब तेरे जंग लगे जबड़ों को खोल दूंगा और बदले में तुझे और भोजन दूंगा।

[कब्र को खोलता है]

पैरिस : यह वही निर्वासित अहंकारी मौण्टेग्यू है जिसने मेरी प्रिया के भाई की हत्या की, जिसके दुःख में ही संभवतः वह सुन्दरी मर गई और अब क्या कोई घृणित अपमान करने आया है शव का। मुझे शंका हो रही है।

[आगे आता है]

ओ नीच मौण्टेग्यू! अपने कुत्सित श्रम को रोक दे! क्या मृत्यु के उपरान्त भी प्रतिहिंसा बढ़ सकती है! ओ जघन्य नीच अधम! मैं तुझपर शंका करता हूं। मेरी आज्ञा मानकर मेरे साथ चल, क्योंकि तुझे मृत्यु ही मिलेगी।

रोमियो : मुझे मरना ही चाहिए और इसीलिए मैं यहां आया हूं। अच्छे विनम्र युवक! एक निराश व्यक्ति को मत उभारो! तुरन्त भाग जाओ और मुझे अकेला छोड़ दो। सोच लो यह सब गया। ये सब तुम्हें डरा उठें। तरुण! मैं प्रार्थना करता हूं, मेरे सिर पर, मुझे क्रुद्ध करके, एक पाप और न लादो! चले जाओ यहां से! ईश्वर की सौगन्ध! मैं तुम्हें अपने-आपसे अधिक प्यार करता हूं क्योंकि यहां मैं अपने ही विरुद्ध यह शस्त्र लेकर आया हूं। ठहरो मत! भाग जाओ! जीवित रहो और बाद में कहा करना कि एक पागल की दया ने तुम्हें भाग जाने को आज्ञा दी थी!

पैरिस : मैं तुम्हारी इन प्रार्थनाओं का तिरस्कार करता हूं और किसी घोर पातक की तुम पर शंका करता हूं!

रोमियो : तुम मुझे क्रुद्ध करोगे? तो फिर बालक! आ जाओ!

[दोनों युद्ध करते हैं]

नौकर : हे भगवान! वे लड़ रहे हैं। मैं चौकीदारों को बुला लाऊं।

[प्रस्थान]

पैरिस : आह! मैं मारा गया! (गिरता है।) यदि तू दयालु है तो कब्र खोलकर मुझे जूलियट के साथ लिटा दे!

[मृत्यु]

रोमियो : सौगन्ध है, यही करूंगा। किसका चेहरा है यह! मर्क्यूशियो का सम्बन्धी! कुलीन काउण्ट पैरिस! क्या कहा था मेरे आदमी ने, जब मेरी विचलित आत्मा ने उसकी बात पर ध्यान नहीं दिया था, घोड़ों पर आते समय? उसने कहा था शायद...कि पैरिस ने जूलियट से विवाह कर लिया होगा! यही कहा था न? या मैंने वैसा सपना देखा था! या मैं पागल हूं, जो मैंने सोचा था कि वह जूलियट की बातें कर रहा था! क्या ऐसा हुआ था! ला मुझे अपना हाथ दे! घोर दुर्भाग्य के ग्रन्थ में मुझ जैसा लेख! एक-सा भाग्य! मैं तुझे भव्य समाधि में दफनाऊंगा।

कब्र में? नहीं। प्रकाशमय कब्र में, युवक! आहत तरुण! यह सो रही है जूलियट! उसके रूप ने इस तहखाने में गौरवमथ प्रकाश की कैसी बाढ़ मचा दी है। पैरिस! लेट जा वहीं इस मृत शव से पूरित......

[स्मारक में पैरिस को लिटाकर]

कितनी बार मृत्यु के समीप पहुंचकर मनुष्य प्रसन्न रहे हैं! मृत्यु के पहले की कौंध, यही तो वे रक्षक कहते हैं: ओह! इसे मैं कौंध कैसे कहूं! प्रिये! ओह मेरी पत्नी! मृत्यु, जिसने तेरे मधु-श्वासों को पी लिया है, अभी तक उसकी तेरे सौन्दर्य पर कोई शक्ति नहीं चल पाई है। तू अपराजिता है, रूप की पताका अभी तेरे अधरों और कपोलों में रक्तवर्ण है, और मृत्यु की पाण्डुर पताका अभी वहां नहीं फहर सकी है। टाइबॉल्ट! क्या तू अपनी खूनी चादर में लिपटा वहां पड़ा है! आह! मैं इससे अधिक तेरा क्या उपकार करूं कि जिस हाथ से मैंने तेरे यौवन को दो टुकड़े किया था उसीसे तेरे इस शत्रु को भी मार डालूं! मुझे क्षमा कर भाई! प्रिये जूलियट! तू अभी तक इतनी सुन्दर क्यों है? क्या मैं यह विश्वास कर लूं कि रूपहीन मृत्यु-पुरुष वासनायुक्त है और वह क्षीण घृणित दैत्य तुझे इस अंधकार में अपनी प्रिया बनाने को ले आया है? इसी भय से मैं तेरे पास ही रहूंगा और इस अंधकारमयी रात्रि के प्रासाद से फिर कभी तुझसे नहीं बिछुड़ूंगा। यहीं, यहीं रहूंगा मैं, तेरे प्रकोष्ठ की सेविकाओं इन कीटों के साथ। ओह, यहीं में अनन्त विश्राम करूंगा। विश्व से कथित इस देह से मैं अपशकुनकारक ग्रहों के जूए को उतार फेंकूंगा। मेरे नयनों! देख लो! अन्तिम बार! भुजाओ! अन्तिम आलिंगन कर लो। मेरे अधरो! श्वास के द्वार हो तुम, एक पवित्र चुंबन से एक तिथिकालहीन अनन्त सौदा कर दो इस सर्वग्राहिणी मृत्यु के हाथ! आ! वेदनामय व्याकुलता! आ दुःखमय पथप्रदर्शक! ओ निराश मांझी! अब तुरन्त तू अपने थके-मांदे समुद्र से ऊबे हुए पोत को भयानक चट्टानों पर एकदम फेंककर

खण्ड-खण्ड कर दे! यह! यह है मेरी प्रिया के लिए!

[पीता है]

ओ सच्चे ओषधि-विक्रेता! तेरी ओषधि बहुत तुरत कार्य करती है। बस एक चुंबन के साथ मेरे जीवन का अन्त होता है।

[मृत्यु]

[कब्रिस्तान के दूसरे हिस्से में फ्रायर लॉरेन्स का लालटैन, कुदाल और लोहे के डंडे के साथ प्रवेश]

फ्रायर लॉरेन्स : संत फ्रान्सिस मुझे शीघ्र पहुंचाएं! उफ, कितनी बार आज रात कब्रों से मैंने ठोकर खाई है, मेरे वृद्ध पांव लड़खड़ा गए हैं। कौन है वहां?

बालथैसर : एक मित्र। जो आपसे अच्छी तरह परिचित है।

फ्रायर लॉरेन्स : परमात्मा तुम्हारा भला करे। मेरे अच्छे मित्र! बता सकते हो वह कैसी मशाल है जो व्यर्थ ही शवों के मुख-नयनहीन सिरों को ज्योति दिखा रही है। मैं समझता हूं यह कैपिल स्मारक में जल रही है?

बालथैसर : हां श्रीमान! पूजनीय पिता! वहां मेरे स्वामी हैं, वे जिन्हें आप चाहते हैं?

फ्रायर लॉरेन्स : कौन हैं वे?

बालथैसर : रोमियो!

फ्रायर लॉरेन्स : उन्हें वहां पहुंचे कितनी देर हुई!

बालथैसर : पूरा आध घण्टा हो गया।

फ्रायर लॉरेन्स : मेरे साथ तहखाने में चलो।

बालथैसर : मुझे इतनी हिम्मत नहीं श्रीमान! मेरे स्वामी यही समझ रहे हैं, मैं यहां से चला गया हूं। उन्होंने मुझे भयानकता से मृत्यु का भय दिखाया था कि यदि में रुका और मैंने उनके कार्य को देखा तो......

फ्रायर लॉरेन्स : तो तू यहीं ठहर! मैं अकेला जाऊंगा। भय मुझपर छाए जा रहे हैं। ओह, मुझे किसी भयानक बात की आशंका हो रही है!

बालथैसर : मैं उधर सदाबहार के पेड़ के नीचे लेटा था, सो गया, और मैंने सपने में देखा कि मेरे स्वामी की किसीसे लड़ाई हो रही थी और स्वामी ने उसे मार डाला।

फ्रायर लॉरेन्स : रोमियो!

[बढ़ता है]

हाय! हाय! यह कैसा रक्त है जो इस कब्र के मुंह पर इस पाषाण के प्रवेशद्वार पर ही फैल गया है, कलुषित करता? ये प्रभुहीन और रक्त सने खड्ग! क्या अर्थ है इसका! शान्ति के इस स्थान में बेरंग पड़े हैं।

[कब्र में प्रवेश करता है]

रोमियो! ओह! पीला पड़ गया है? और कौन है! कौन? पैरिस भी! रक्त से सना हुआ, लोहू में डूबा! आह! कैसा निष्ठुर है यह क्षण! इस भीषण दुर्घटना का अपराधी!

अरे, श्रीमती हिल रही है!

[जूलियट जागती है]

जूलियट : ओ सांत्वनादायी पादरी! मेरे स्वामी कहां हैं? मुझे खूब याद है कि मुझे जहां होना चाहिए था, मैं वहीं हूं। किन्तु मेरा रोमियो कहां है?

[नेपथ्य में कुछ आवाज़ें]

फ्रायर लारेन्स : श्रीमती मुझे कुछ आहट सुनाई दे रही है, मृत्यु के नीड़ से आती हुई। भयानक है यह अप्राकृतिक निद्रा का स्थल। हमारे विरोध करने की सामर्थ्य से भी कहीं महान कोई शक्ति हमारे सब विचारों के प्रतिकूल कार्य कर रही है। चलो, तुरन्त चलो। तुम्हारे वक्ष के पास ही तुम्हारा पति मरा पड़ा है, और पैरिस भी। चलो! मैं

तुम्हें गिरजे की ब्रह्मचारिणी साध्वियों के दल में रखवा दूंगा। अब और प्रश्न करने को न रुको, लोग आ रहे हैं, चौकीदार इत्यादि। चलो, मेरी अच्छी जूलियट! मुझमें और रुकने का साहस नहीं है।

जूलियट : जाइए, आप चले जाइए, पर मैं नहीं जाऊंगी।

[फ्रायर लॉरेन्स का प्रस्थान]

यह क्या है? प्याला? मेरे प्रिय के हाथ में अभी तक? विष! अच्छा! यह उनका कालहीन अन्त! ओ मूर्ख! सब पी गए? मेरे लिए एक भी स्नेह-भरी बूंद न छोड़ी? मैं तुम्हारे अधरों का चुंबन करूंगी, शायद उनपर कुछ विष रह गया हो कि मैं प्रसन्नता से मर सकूं।

[चूमती है]

अभी तुम्हारे होंठ गर्म हैं।

पहला पहरेदार : (भीतर नेपथ्य से) चल लड़के! किधर!

जूलियट : अरे आ रहा है कोई। तो जल्दी करूं! आह! उपकारी छुरे!

[रोमियो का छुरा लेकर]

तेरी म्यान यह है (अपने मार लेती है।) अब यहीं रह कि तुझमें जंग लग जाए और मुझे मरने दे।

[रोमियो के शरीर पर गिरती है और मर जाती है]

[पहरेदारों और पैरिस के सेवक का प्रवेश]

सेवक : यही जगह है, जहां मशाल जल रही है।

पहला पहरेदार : धरती लहू से भीगी है, कब्रिस्तान में तलाशी लो। तुममें से कुछ ढूंढ़ो और जो मिले पकड़ लो। कैसा करुण दृश्य है! ये काउण्ट मरे पड़े हैं। जूलियट के खून निकल रहा है, ताज़ा, हाल की मौत है, यह तो दो दिन दफनाई पड़ी थी। जाओ शासक राजकुमार को सूचना दो। कैप्यूलैटों को खबर दौड़ाओ! मौण्टेग्यू परिवार को जगाओ और बाकी

लोग ढूंढ़ो। हम तो, ये दुःख से भरे काण्ड जहां हुए हैं, उस धरती को देख रहे हैं, पर इनकी वास्तविकता तो बिना किसी सहारे के पता न चलेगी।

[बालथैसर के साथ कुछ पहरेदारों का प्रवेश]

दूसरा पहरेदार : यह रहा रोमियो का नौकर, इसे भी हमने कब्रिस्तान में पाया।

पहला पहरेदार : इसपर गहरी चौकसी रखो, जब तक राजकुमार यहां न आए।

[एक और पहरेदार के साथ फ्रायर लॉरेन्स का प्रवेश]

तीसरा पहरेदार : यह एक पादरी है, जो कांपते हैं, रोते हैं और आहें भरते हैं। हमने इनसे यह कुदाल और लोहे का डण्डा ले लिया है, ये कब्रिस्तान की तरफ से आ रहे थे।

पहला पहरेदार : बड़े शक की बात है। पादरी को भी रोक लो।

[राजकुमार शासक का सेवकों के साथ प्रवेश]

राजकुमार शासक : क्या मुसीबत इतने तड़के खड़ी हो गई कि हमें आराम भी नहीं करने दिया गया?

[कैप्यूलैट, श्रीमती कैप्यूलैट तथा अन्यों का प्रवेश]

कैप्यूलैट : क्या बात है जो इतनी चीख-पुकार उठ रही है।

श्रीमती कैप्यूलैट : सड़क पर लोग 'रोमियो-रोमियो' चिल्ला रहे हैं, कोई जूलियट और कोई पैरिस का नाम ले रहा है और सब चिल्लाते हुए हमारे स्मारक की ओर भागे आ रहे हैं।

राजकुमार शासक : यह कैसी भयानकता है जो हमें आशंकित कर रही है?

पहला पहरेदार : महाराज! यह काउण्ट पैरिस मरे पड़े हैं, यह रोमियो है मृत। और जूलियट यह है, मर गई थी, पर अब इसे 'छुरा। लगा है और दो दिन बाद भी ताज़ा खून निकला।

राजकुमार शासक : तलाश करो, ढूंढ़ो, और पता लगाओ कि यह भयानक हत्या कैसे हुई।

पहला पहरेदार : यहां एक पादरी हैं, और मरे हुए रोमियो का एक नौकर है, उनके पास ऐसे औज़ार हैं जिनसे मुर्दों की कब्र खोली जा सकती हैं।

कैप्यूलैट : हे भगवान! पत्नी! हाय! देखो तो बेटी का लहू कैसा बह रहा है, इस छुरे ने कैसी भूल की, क्योंकि इस मौण्टैग्यू की पीठ ही इसकी म्यान थी, गलती से मेरी बेटी की छाती में घर कर गया।

श्रीमती कैप्यूलैट : भयानक! मृत्यु का यह दृश्य मेरे बुढ़ापे में मुझे कब्र की ओर जाने को सावधान कर रहा है कि वही अन्तिम सत्य है।

[मौण्टैग्यू और अन्यों का प्रवेश]

राजकुमार शासक : आओ मौण्टैग्यू! जल्दी जाग गए, अपने पुत्र और उत्तराधिकारी को शीघ्र ही देखने के लिए?

मौण्टैग्यू : हाय! मेरा पुत्र! आज रात ही मेरी पत्नी की मृत्यु हुई है, पुत्र के निर्वासन के घोर दुःख ने उसके श्वास छीन लिए। और कौन-सी पीड़ा बाकी है अभी मेरी वृद्धावस्था में, जो मुझे अभी और झेलनी है?

राजकुमार शासक : देखो और तुम्हें पता चलेगा।

मौण्टैग्यू : अरे ओ अनभिज्ञ! यह कौन-सा सम्मान दिया है तूने मुझे कि पिता के रहते ही तू स्वयं कब्र में सो गया?

राजकुमार शासक : इस विस्फोट का मुख कुछ समय को मुद्रित कर दो! जब तक हम इन संदेहों को स्पष्ट न कर दें, उनका स्रोत, उनका विकास और उनका प्रवाह न पहचान लें, तब तक तुम्हारी व्यथाओं का सेनापति मैं हूं और तुम्हें मृत्यु के अंक में भी ले जा सकता हूं। तब तक सब कुछ सहो और दुर्भाग्य को धैर्य का दास बना दो।

संदेहास्पद व्यक्तियों को आगे लाओ!

फ्रॉयर लारेन्स : मैं ही सबसे अधिक संदेहास्पद हूं, जो सबसे कम काम करने योग्य हूं, फिर भी मुझपर इस भयानक हत्या का सबसे अधिक संदेह है, क्योंकि स्थान और समय मेरे प्रतिकूल है। मैं उपस्थित हूं, अपने विरुद्ध बोलने को भी, और आत्मशुद्धि करने को भी, मैं दण्डित भी हूं और स्वयं क्षम्य भी।

राजकुमार शासक : तो तुरन्त बता दो कि तुम क्या जानते हो?

फ्रॉयर लारेन्स : मैं संक्षेप में बताता हूं, क्योंकि मेरी श्वास भी इस उलझी हुई कथा की तुलना में निर्बल है। वह मरा पड़ा रोमियो, जूलियट का पति था और वह जूलियट जो मरी पड़ी है, रोमियो की पतिव्रता पत्नी थी। मैंने उनका विवाह कराया था। उनका विवाह उसी दिन गुप्त रूप से हुआ जिस दिन टाइबॉल्ट मारा गया। उसकी अकाल मृत्यु ने नये वर को नगर से निर्वासन दिया। जूलियट टाइबॉल्ट के लिये नहीं, रोमियो के लिये रोती थी। उसका दुःख का घेरा उठाने को तुमने उसकी सगाई की और बलपूर्वक तुमने काउण्ट पैरिस से उसका विवाह कर देना चाहा। तब वह मेरे पास आई और पागल-सी आंखों से उसने भयानकता से मुझे देखकर कहा कि किसी तरकीब से मैं उसे दूसरी शादी से बचाऊं, अन्यथा वह मेरे निवासस्थान पर ही आत्मघात कर डालेगी। तब अपने ज्ञान की सहायता से बनाई हुई एक औषध मैंने उसे दी। वह सुला देने की सामर्थ्य रखती थी। उसने पी ली और जैसा मैंने चाहा वैसा ही प्रभाव पड़ा, वह बिलकुल कृत्रिम मृत्यु-सी दिखाई देती थी। इस बीच मैंने रोमियो को लिखा कि तुरन्त इस भयानक रात को आ पहुंचे कि अपनी पत्नी को इस कब्र से छुड़ा सके, ठीक उस समय जबकि औषध का प्रभाव हट जायेगा। परन्तु मेरा पत्र ले जाने को फ्रायर जॉन नियुक्त थे; उन्हें अकस्मात् विशेष घटना ने रोक लिया और कल रात वे मेरे पत्र के साथ लौट आए। तब जूलियट

के जागने के समय मैं अकेला ही उसे उसके पूर्वजों के कब्रिस्तान से निकालने आया। मेरा विचार था उसे यहां से ले जाकर अपने निवासस्थान में छिपाकर रखने का, जब तक रोमियो को मैं न बुला लेता। किन्तु जब मैं आया, जागने के नियुक्त समय से कुछ मिनट पहले ही, तो वीर पैरिस और सच्चा प्रेमी रोमियो यहां आ गए और मृत्यु को प्राप्त हुए। वह जागी, मैंने उससे चलने को अनुनय किया कि इस सबको वह धैर्य से परमात्मा की इच्छा कहकर स्वीकार कर ले कि तभी एक आवाज़ ने मुझे कब्र से भगा दिया, और वह भी ऐसी निराश थी कि मेरे साथ आने से उसने इन्कार कर दिया। और मुझे लगता है, उसने आत्मघात कर लिया। बस मैं यही जानता हूं। इस विवाह की साक्षी जूलियट की धाय है, यदि इसमें मेरा कोई अपराध है तो मेरा यह वृद्ध जीवन अपने समय से पूर्व ही बलिदान दे दिया जाए, कैसे भी कड़े कानून की मुझपर मार हो!

राजकुमार शासक : हम तुम्हें केवल एक धार्मिक व्यक्ति समझते थे! रोमियो का नौकर कहां है? वह इस बारे में क्या कहता है?

बालथैसर : मैंने जूलियट की मौत की खबर अपने मालिक को दी थी। वे मण्टुआ से घोड़े बदलते यहीं आ गए और इसी स्मारक में आकर उन्होंने मुझे यह पत्र दिया अपने पिता के नाम और मुझे धमकी भी दी कि वे मुझे जान से मार डालेंगे यदि मैं तहखाने में उनके साथ गया, यदि मैं उन्हें छोड़कर चला न गया।

राजकुमार शासक : यह पत्र मुझे दो। मैं उसे देखूंगा। काउण्ट का सेवक कहां है जिसने पहरेदारों को बुलाया था। हां जी! तुम्हारा मालिक यहां क्यों आया था?

सेवक : वे अपनी श्रीमती की कब्र पर फूल चढ़ाने आये थे। उन्होंने मुझे अकेले खड़े रहने की आज्ञा दी और मैंने उसका पालन किया। तभी कोई मशाल लिए आया जिसने कब्र खोलने की चेष्टा

की और देखते ही देखते मेरे मालिक ने तलवार खींच ली और तब मैं पहरेदारों को बुलाने दौड़ गया।

राजकुमार शासक : यह पत्र पादरी की बात को ही फिर दोहराता है। उनका प्रेम, जूलियट की मृत्यु का संवाद...और वह लिखता है कि उसने एक गरीब दवाई वाले से एक ज़हर खरीदा था। और तब वह इस तहखाने में आया था मरने, और अपनी जूलियट के पास सो जाने! कहां हैं वे शत्रु! कैप्यूलैट! मौण्टैग्यू! देखो तुम्हारी घृणा पर कितना भारी दण्ड पड़ा है। प्रेम के द्वारा ही परमात्मा ने तुम्हारे सुखों को नष्ट करने का मार्ग निकाला है! और तुम्हारी इस ईर्ष्या को देखते रहने के कारण ही अपना भी सम्बन्धी मुझे खोना पड़ा है। सबको ही दण्ड प्राप्त हुआ है।

कैप्यूलैट : आह, बन्धु मौण्टैग्यू! मुझे अपना मैत्री का हाथ थमा दो! यही मेरी पुत्री का स्त्रीधन है, और मैं मांग भी क्या सकता हूं?

मौण्टैग्यू : मैं दे सकता हूं अभी कुछ और। मैं जूलियट की शुद्ध स्वर्ण की एक प्रतिमा बनाऊंगा कि जब तक वेरोना रहेगा तब तक पतिव्रता और सत्प्रेमिका जूलियट जैसा मूल्य और आदर किसी और का न होगा।

कैप्यूलैट : अपनी पत्नी के साथ उतना ही बहुमूल्य रोमियो भी रहेगा। हमारे शत्रुता के निरीह बलिदान!

राजकुमार शासक : आज का प्रभात कैसी वेदनामय शान्ति लाया है अपने साथ! दुःख से सूर्य मानो मुख नहीं दिखाना चाहता। अब जाओ, इन अवसाद-भरी घटनाओं के विषय में यही है कि कुछ को क्षमा कर दिया जायगा, किन्तु कुछ को दण्ड भी प्राप्त होगा। ऐसी दुःख-भरी कहानी कभी न देखी, जैसी रोमियो और जूलियट की! दारुण और करुण!

[प्रस्थान]

• • •